박막례,
이대로
죽을 순 없다

박막례, 이대로 죽을 순 없다

박막례 · 김유라 지음

위즈덤하우스

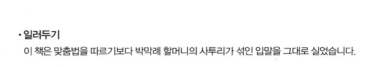

• 일러두기

이 책은 맞춤법을 따르기보다 박막례 할머니의 사투리가 섞인 입말을 그대로 실었습니다.

김유라

서른 언저리에 서니 어떤 예감이 몰려온다.

더 이상 내 인생에 반전 같은 건 없을 거라는 불길한 예감.

대개 '기회'란 20대에게나 주어지는 카드 같아서.

• • •

박막례

염병하네.

70대까지 버텨보길 잘했다.

차례

전반전

막례의
인생

박막례, 집안의 막내딸이라서 '막례'라는 이름을 받았다.
동네에서는 그래도 있는 집 자식이었는데 여자라는 이유로
공부할 기회도 없이 집안일만 했다. 그러다 남자 잘못 만나
인생이 꼬이기 시작하더니 50년을 더 죽어라 일만 했다.
70세가 되던 해에 막례는 인생을 포기해버렸다.
그냥 관 뚜껑 덮을 때까지 일하다 갈 팔자려니 했다.
그런데 쥐구멍에도 볕 들 날 있다 했던가.
71세가 되던 해, 박막례 인생이 달라졌다.
아니, 완전히 뒤집어져버렸다.

열다섯 살
농부의 딸

나, 박막례는 2남 4녀 중 막내딸이다. 오빠 둘과는 6.25 전쟁 때 헤어졌다는데, 나는 오빠들 얼굴도 모르고 그저 죽었다는 소식만 들었다. 우리 아부지는 집안에 아들이 없으니 가르칠 사람이 없다며 남자 조카에게 공부를 가르치셨다.

"아부지, 나도 글 배우면 안 돼요?"

아침 밥상에서 한마디 했다가 큰언니 숟가락으로 이마를 한 대 콩 맞았다. 아부지는 여자가 글을 알면 결혼해서도 집을 나간다며 언니들도 가르치지 않았다. 더군다나 나는 막내니까, 그래서 이름도 막례니까 대들 수도 없었다. 남자 조카아이가 공부하는 동안, 나는 그 방에 땔감을 넣기 위해 한겨울에 산을 탔다.

그래, 우리 오빠들이 죽어서 그 충격 때문이겠구나.

나는 그렇게 아부지를 이해하려 했다.

글은 못 배웠어도 집안에서는 내가 제일로 바빴다. 아침에 일어나 나무를 하고, 키우던 소들 깔비(여물 주기)하고 새참을 날랐다가 또 나무를 하고, 농사일 도와주는 동네 아저씨들이 집에 오면 밥을 차렸다. 아저씨들이 막례는 밥을 아주 잘한다며 칭찬해줄 때마다 어깨가 으쓱하고 신이 났다. 그러다가도 염병할, 사람 써서 농사일을 할 정도로 집이 잘 사는데 딸이라고 글을 가르쳐주지 않는 아부지가 너무 미웠다. 공부에 대한 열망을 억누른 채 매일 부엌에서 솥뚜껑만 들었다 놨다 했다.

얼마 지나 동네에서 꽤 똑똑했던 오빠가 학교를 안 다니는 친구들에게 한글을 가르쳐준다는 이야기를 들었다. 이건 완전 나를 위한 기회다!

"아부지, 나 저녁에 나가서 글 배우고 오면 안 돼요?"

"염병하고 있네. 저녁에 캄캄한디 가시나가 혼자 어딜 나가냐!"

그때는 무슨 용기였는지 아부지 몰래 수업에 나갔다. 그렇게까지 해서 글자 하나라도 배우려는 딸내미가 불쌍했는지 우리 엄마는 나를 부엌으로 부르더니 아부지 몰래 연필과 종이를 보자기에 싸주셨다. 공부를 남들보다 늦게 시작했지만 종이에 빵꾸 나도록 열심히 해서 금방 따라잡을 수 있었다. 낮에는 나무를 하고 저녁에는 글을 외웠다.

하지만 글공부는 오래가지 못했다. 글을 가르쳐주던 오빠가 서울로 올라가게 되어 이제 수업을 못 하겠다고 한 것이다. 아직도 기억이 생생한 것이, 그날 코를 훌쩍이며 집으로 돌아오는데 눈앞이 뿌옇게 흐려지더니 눈물이 왈칵 쏟아졌다.

"막례는 똑순이라 계속 공부하면 좋겠어."

오빠가 해준 말이 떠올라 그 자리에서 펑펑 울고 말았다.

이제 더 이상 내 인생에 이런 기회가 없을 거라는 걸 직감이라도 한 듯 눈물이 폭포수 떨어지듯 콸콸콸 쏟아졌다.

얼마나 울었는지 행색이 꼬질꼬질해진 채로 집에 들어갔다. 혹시나 자고 있는 아부지 깨실까, 엄마 품에 안겨 소리 없이 엉엉 울기만 했다.

열여섯 살

농사일 도와주러 오는 아저씨들이 열 명에서 스무 명으로 늘었다. 열여섯 살에는 일한 기억밖에 없다. 아저씨들이 어린것이 어쩜 이렇게 밥도 잘하고 반찬도 잘하냐고 놀랐던 기억만 남아 있음.

열여덟 살
한복 학원

형부들이 하나밖에 없는 막내 처제를 위해 미싱(재봉틀)을 사줬다.
내가 미싱을 돌려봤어야지. 그럴 때 내가 기댈 수 있는 건 우리 엄마
뿐이었다.
"엄마, 나 아부지 몰래 미싱 학원 다니면 안 돼요?"
"이 시골에 미싱 학원이 있을라디야?"
얼마 있다가 동네에서 뚝 떨어진 곳에 한복 학원 하나가 생겼고, 아
부지 허락 끝에 학원을 다닐 수 있었다. 아부지는 참 웃겨. 학교는
안 보내주면서 학원은 댕기라고 하셨으니까. 뭔 심보인지 모를 우
리 아부지.
그때는 딱 아침 8시가 되면 무릎까지 오는 까만색 통치마(양쪽 주머
니가 달려 있었다)에다 하얀 블라우스 입고, 바느질거리를 싸둔 보자
기를 들고 집을 나섰다. 그렇게 가고 싶었던 학교도 못 가고 배우고
싶었던 글도 제대로 못 배웠으니 한복 학원 나가는 날들이 얼마나
기뻤겠는가. 그래서 한복 학원을 다녔다는 사실이 내 인생에서 제

일로 귀한 경험이었다(유튜브를 시작하기 전까지 말이다).

학원에 갔다가 집에 늦게 들어오면 아부지가 학원을 못 다니게 할까 봐 꼭 정오 전에는 돌아왔다. 집에 오자마자 아부지 밥 차려드리고 또 소 깔비를 해야 한다. 언니들은 이미 다 시집을 가버렸던지라 내가 해야 할 집안일은 더 많아졌다. 언니들은 왜 그렇게 일찍 시집갔나 몰라.

"항시 따뜻한 밥!"

우리 아부지는 얼마나 유난인지 찬밥은 또 안 잡수셨다. 나는 직접 해온 나무로 불을 때서 따뜻한 밥을 차려드렸다. 밭에서 무랑 배추 뽑아다가 겉절이를 만들고, 집에서 담근 간장과 된장으로…… 이런 일상에서 한복 학원은 내 유일한 쉼이자 행복이었다.

근디 열정이 너무 셌는가. 한복 만드는 것도 너무 빨리 배운 탓에 6개월 만에 조기 졸업을 해버렸다. 오메, 좋아해야 하는 거여, 슬퍼해야 하는 거여. 지금 생각하면 천천히 배울 것을, 후회도 돼야.

더 슬픈 것은 집에서 바느질 일거리가 추가되어 내 일은 또 늘어났다는 것이다. 아주 환장하겠다. 동네 아저씨들 구멍 난 옷을 가져다가 바느질해주거나 바지를 만들어드리면 그 아저씨들은 대가로 우리 집에 와서 농사일을 도와주셨다.

그야말로 나 박막례, 우리 집에 봉사란 봉사는 다 했다.

열아홉 살

똑같이 살았다.

스무 살

잘못된 만남

어느 날 갑자기 내 친구 인애가 즈그 집에 오라고 하는 것이 아닌가. 내가 거길 갔으면 안 됐는데……. 갔더니 종근이가 있었다. 종근이는 얼마 지나 내 신랑이 되는데 내 인생이 여기서부터 꼬여부렀다. 그 동네에 고구마를 팔던 아주머니가 있었는데, 종근이가 나 왔다고 그 아주머니한테서 고구마를 사왔다. 나는 쳐다보지도 않았다. 고구마는 우리 집에도 많았고…….

당시엔 남녀가 고구마도 같이 먹고 붙어 다니면 당연히 결혼하겠구나 소문이 나버려서 종근이를 멀리했다. 종근이는 동네에 살던 애라 대충은 알고 있었는데 일단 인사성이 없고 싸가지가 없었다. 게다가 가난하기까지 했으니 아주 최악의 남자였다. 그래도 종근이가 얼굴은 훤칠했다. 그거 말고는 볼 거 하나도 없었다.

하루는 종근이가 우리 집에 와서 농사일을 도왔다. 우리 엄마 눈에 들려고 일도 열심히 하고 아부지한테 예의 바르게 행동을 하더라. 엄마는 종근이가 일을 열심히 하니까 그 집 가난한 건 생각 안 하고 사람이 괜찮다며 사위를 삼으려고 했다. 틈만 나면 선을 보라고 계속 찔러댔다. 언니들은 다 시집갔는데 나는 안 가고 있으니 종근이랑 이어줄 생각이었나 보지. 반면 우리 아부지는 종근이가 시어머니를 혼자 모시는데다 싸가지가 없다며 결혼을 반대하셨다.

그러다 아부지가 돌아가셨다. 집안에 일할 남자가 없어지자 종근이가 그 일을 다 맡아서 도와주게 되었다. 인애는 옆에서 계속 종근이랑 결혼을 하라고 바람을 넣었다. 너희 엄마는 좋아하는데 왜 너는 싫어하느냐고 계속 만나라, 만나라 바람을 넣어댔다. 당시 내 이상형은 부잣집에 예의 바르고 키 크고 잘생긴 남자였다. 근디 종근이는 얼굴이랑 키만 조건에 부합했다.

그런데 인애 그 가시내가 자꾸 셋이 만나서 놀자, 놀자 그러는 거다. 몇 번 만나 놀았는데 어느새 종근이랑 정이 들어버렸다. 처음에는 종근이가 추근덕거릴 때마다 내 속으로 'X도 아닌 게 지랄하네' 했는데 이놈이 자꾸 그러니까 어째 괜찮게 보이기 시작했다. 점점 말도 따뜻하고 추근추근하게 해주고.

이놈이랑 결혼해도…… 괜찮…… 하겠는디? 하는 생각이 들던 찰나, 그놈이 말했다.

"막례야, 결혼하자!"

나는 시원하게 "오케이!" 해버렸다. 내가 미쳤지.

오메 오메, 그놈이 그렇게 똥꾸녕 찢어지게 가난한지 몰랐다. 시집을 갔는데 이 인간이 나를 데려다놓고는 집에 안 붙어 있고 나를 피해 다니는 게 아닌가. 뭔 놈의 부부가 나만 집에 두고 지는 집 밖으로 나돌아.

우리 친정은 일꾼들까지 데리고 살았었는데 결혼하고 나를 그 가난한 집에 앉혀두려니 나 보기가 미안했나 보다. 우리 시어머니도 나 보기가 미안했는지 자꾸 나를 데려다가 밥만 먹이셨다. 그 신혼집에는 끼니 할 것도 없었다. 내가 친정에 가서 보리를 매일 훔쳐와야 했다. 남편이란 놈이 쌀이 없으면 남의 집에 가 일이라도 해서 돈을 벌어와야 하는데 지 혼자 계속 나돌았다. 나랑은 한 3개월을 살고 말도 없이 지 혼자 목포로 가버렸다. 기러기 아빠처럼 왔다 갔다 하며 살았는데 우리가 알고 있는 그 기러기는 아니다. 기러기 아빠는 보통 나가서 일을 하고 생활비를 집에 주는데 내 남편은 자기 혼자 자유롭게 날아다니는 기러기라서 기러기 아빠다. 그렇게 왔다 갔다 하는 사이에도 아이를 가져서 스물한 살에 내가 첫애를 낳았다.

참, 정말 서러운 것이 첫아이 임신한 열 달 동안에도 그 인간은 나한테 아무것도 안 해줬네. 내가 잔소리할까 봐 남편은 계속 밖으로만 돌았다. 나 보기가 미안해서 그런 거겠지, 생각하며 살았다. 집에 오는 주기가 점점 길어지고 애를 낳았는데도 안 들어오기 시작했다. 생활비는 없고, 남편은 도대체 어디서 뭘 하는지…….

그이가 양조장에서 일한다는 얘기를 듣고 결국 애를 업고 찾아갔다. 우리 첫아들이 백일도 안 됐을 때였는데 그 갓난아기를 포대기로 등에 업고……. 나도 돈이 없으니 가는 차비만 챙겨서 먼 길을 갔다. 오는 차비는 거기서 받을 생각으로.

양조장에 도착하니 경비 아저씨가 지키고 서 있었다. 지금 생각하면 경비인데 당시에는 모자 쓰고 서 있는 사람은 다 경찰인 줄 알았다. 진짜 순진하고 아무것도 몰랐던 시절이여. 그 아저씨한테 우리 신랑 찾으러 왔다고 하면서 이름을 대니 아주 화들짝 놀라는 것이 아닌가. 세상에, 그놈이 여기서 총각 행세를 하고 다녔던 것이다. 그 자리에서 들통이 나버렸고 아주 이판사판이었다.

눈물이 줄줄 났다. 추운데 애기 발 시리게 왜 그렇게 서 있느냐고 경비실 안으로 들어오라고 하는데 너무 창피해서 들어갈 수 없었다. 양손으로 우리 아들 발바닥을 꼭 쥔 채 돌아섰다. 지나가는 버스 승무원에게 내가 차비가 없는데 그 근처 학다리까지만 태워달라고 부탁을 했다. 내 꼬라지가 불쌍했는지 그냥 타라고 하더라. 먼 친척이 학다리에 산다는 게 기억이 나서, 어떻게든 그 사람 집을 찾아서 하루 신세를 져야지 생각한 것이다. 애를 업고 눈에 보이는 파출소로 들어갔다.

"아줌마 왜 왔어요? 어디 갔다 왔는데 차비가 없어요?"

"아저씨…… 차 쪼까 태워주쇼."

"아따 12시 넘었는데 무슨 차가 있어요?"

그때는 통행금지가 있던 시절이었다. 우리 아들은 발 시려서 울고, 젖 달라고 울고, 젖은 불어가꼬 아프고…….

"우리 친척이 여기 살거든요. 좀 찾아주세요……."

"아줌마 친척 집이 어딘데 찾아달라고 하는 거여!"
내가 생각해도 나는 참 똑똑했다. 그 동네에 샘이 하나 있었다고 설명하면서 그 샘 근처까지만 데려다주면 내가 알아서 찾겠다고, 도와달라고 애원을 했다. 애기 발이 꽁꽁 얼어 있어서 난로에 발을 녹였다. 눈물이 어뜨케 그렇게 나오든지…….
순경들의 도움으로 내가 기억하고 있는 그 샘이 나올 때까지 걸어 다녔다. 걷고 걷다 보니 정말 그 샘이 나와서 기억을 더듬어 외사촌 오빠의 처갓집을 찾아냈다. 순경이 문을 두들겼다.
"실례합니다!"
올케가 나와서 내 행색과 경찰을 보고 눈이 똥그래졌다. 일단 우리 사돈이 맞다면서 얼른 들어오라고 하니 경찰은 그렇게 돌아갔다. 올케를 보는데 울음이 어떻게나 나오는지 서러워서…… 분해서…… 아주 눈물이 쏟아졌다. 젖이 하도 불어서 팔도 못 들 정도로 아프기도 했다.
나는…… 그날 속이 다 들어버렸어.
그냥 철이 다 들어버렸어.
지금도 그 속이 그대로다.

스물두 살
이 죽일 놈의 사랑

"이 염병할 가시내야. 너 때문에 내 인생 조졌다고!"

인애도 이 소식을 알게 되었다. 나는 인애한테 울면서 욕을 했다. 인애네 집에 머물면서 인애랑 같이 종근이 욕을 실컷 했다. 우리 친정 엄마는 그래도 참고 살라고 하셨다. 손주 때문에.

결혼할 때 종근이가 가져온 함을 팔아버렸다. 그 돈을 동네 아줌마한테 줬다. 그 아줌마는 나중에 이자를 보태서 나한테 다시 쌀로 갚았다. 보리 한 가마 돈을 가지고 착실하게 모으고 불려서 서울로 이사 올 때는 보리가 일곱 가마가 되어 있었다.

목포에 있던 남편을 데리러 가서 서울로 보냈다. 내 보리 판 돈을 남편한테 다 주면서 서울에 방을 얻어놓으라고 했다. 시골에서 정리를 하고 한 달 뒤 서울로 올라가 남편한테 연락을 했다. 방 얻었냐고 했더니 안 얻었디야. 그럼 그 돈으로 뭐 했는데? 옷이 없어서 옷을 사 입었디야. 예비군 옷 한 벌 뽑았다고. 에라이, 미친놈아!

주변 사람들이 서울 집은 어떻게 됐느냐 물어볼 때면 신랑 욕하기는 싫어서 사실대로 말도 못 했다.

근디 이제는 할 수 있다.

이 씨벌놈. 진짜 이 인간하고 살아야 돼, 안 살아야 돼?

큰아들이 세 살 됐을 때 결국 시어머니한테 애를 맡겨놓고 내가 일을 다녔다. 그 아이가 초등학교 2학년이 되던 해에나 다시 데려올 수 있었다. 그동안 서울에선 얼마나 많은 일이 있었는지……. 나같이 불쌍한 팔자 없다고 생각했는데 생각해보면 우리 시어머니같이 불쌍한 사람도 없다. 아들 때문에 당신은 또 얼마나 힘드셨을꼬.

그래서 내가 지금까지도 시어머니 제사는 계속 지내드리고 있어. 아들 잘못 키운 죄로 평생 며느리한테 하고 잡은 말도 못 하고 사셨을 우리 시어머니. 우리 시어머니 생각하면 불쌍해서 또 눈물이 나.

스물네 살
노가다

신랑이 노가다를 다녔다. 근디 이놈이 또 돈을 안 갖다주네. 뭔 회사에서 돈이 안 나왔다냐 뭐라냐. 그래서 내가 또 따라가봤다.

돈은 착실하게 나오는데?

그럼 그렇지, 이놈이 돈을 헛 데 써버리는 것이지.

이놈을 더 이상은 못 믿겠어서 나도 같이 노가다를 다녔다.

근디 일이 너무 힘들어서 오래 못했다. 힘에 부쳐서. 그 타이루(타일)를 짊어지고 3층을 올라가야 되는데 오메 오메…… 허리가 끊어질라 했다. 그래서 파출부를 나가기 시작했다.

스물네 살
파출부

파출부를 하면서 내 차비 100원 아끼려고 반포에서 사당동까지 걸어 다녔다. 그때는 젊으니까 걸어 다닐 만했네. 나중에는 한 집만 나가면 돈이 부족하니까 두 집에 파출부를 다녔다. 좀 더 다니다가 전문적으로 파출부 사무실에도 가입을 했고, 일이 익숙해지자 나중엔 세 집까지 사사삭 다녔다. 그게 끝이랴? 저녁엔 식당에 출근해서 밤 10시까지 아르바이트를 했다. 설거지하러.

오전에 파출부 들어가서 주인이 커피 한잔 주면 먹고, 안 주면 안 먹고. 그러고 나면 일 시작이었다. 일하러 간 집에 세탁기가 있어도 나는 손빨래를 했고, 청소기가 있어도 빗자루로 쓸었다. 양말, 속옷까지 빠는 건 기본이고 양말에 조금이라도 얼룩이 있으면 다시 빨고. 그 다음 날 가서 말라 있으면 그대로 개서 애들 방에 넣어놓고, 팬티는 팬티대로 개어놓고. 그것이 내 일이었다.

한번은 완전 부잣집에 일을 간 적이 있는데 청소하려고 냉장고 문을 열었더니 뭔 유리병에 빨간 덩어리가 뭉쳐 있는 게 아니여? 지금 생각해보면 딸기잼이었든가 봐. 그때 당시 딸기를 먹어본 적도 없고 뭔 덩어리가 빨갛게 뭉쳐 있응께 어찌나 궁금하던지. 딸기가 그려져 있으니 딸기인 건 알겠는데 말이여. 어떤 거는 우리나라 딸기 그림이 있고, 또 어떤 거는 미제였는지 꼬부랑글씨가 쓰여 있는데 그 글씨는 알지도 못하겠고. 딸기잼이 먹는 것인지 뭐에 쓰는 건지도 몰랐을 때다.

그 집 애기들이 와서 "아줌마, 빵이랑 딸기잼 주세요" 하는데 나는 그 애기들한테 딸기잼이 뭐냐고 물어봤다. 애기들이 웃으면서 아줌마는 딸기잼도 모르냐고, "아줌마, 글씨 몰라요?" 하더라.

"아니, 글씨는 아는디!"

글씨는 아는디 딸기잼을 뭐에 쓰는지 모르니까 물어본 거 아녀, 이것들아!

아무튼 빨간 딸기잼 통을 꺼내주니 애기들이 손바닥에 식빵을 올리더니 숟가락으로 그걸 팍! 퍼서 쫙! 바르더니 딱! 꼬부려서 먹더라. '아…… 저렇게 먹는 거구나…….'

그 식빵은 보니까 개수가 딱 정해져 있더구면. 근디 딸기잼은 쪼까 먹어도 티가 안 날 것 같아. 딸기잼을 열어서 숟가락으로 살짝 찔러서 딱 맛만 봤다. 오메…… 이게 딸기잼이구나……. 달달하니 맛있더라.

그 옆에 노란 것도 있었는데 지금 생각해보면 그건 또 땅콩잼이더라고. 나는 떡 해먹을 때 뿌리는 콩가루처럼 생겼기에, 아 부잣집은 콩가루를 이렇게 물로 비벼가꼬 나눠서 먹는가 보다 했지.

얼마 뒤에 그 집 애기가 친구를 하나 데려왔는데 자기는 딸기잼을 먹고 친구는 그 노란 것을 발라 먹더라? 나는 뒤에서 보면서 오메, 저것은 또 뭣이랑가. 저것도 빵에 발라 먹는구나…….

내가 언젠가 식당 할 때, 우리 딸이 그 땅콩잼을 한번 사왔던 적이 있다.

"엄마, 식빵에 이거 발라 먹어봐. 딸기잼보다 맛있어."

"땅콩잼이구만."

"엄마, 이거 먹어봤어?"

"……."

내가 그땐 좀 창피해서 말 못 했다. 우리 딸이 이 책 보면 이제 알겠구만.

스물여덟 살

파출부와 식당일을 겸업했다.

서른두 살
리어카 과일장사

리어카로 과일장사를 하기로 마음먹었다. 파출부 세 탕 뛰고 식당
일까지 다녀오면 밤 12시가 되니까 우리 애들한테 미안하더라고.
그래서 리어카를 하나 얻었다.

동네마다 리어카 자리가 있다는 것을 그때 알았다. 나는 돌고 돌다
가 한 산부인과(나중에 유라가 여기서 태어났다) 앞에서 장사를 시작
했다. 밤 9시까지는 과일을 다 털어야 되는데 매번 본전도 못 뺐다.

내가 이래 봐도 낯도 가리고 수줍음도 많던 사람이다. 친구네 가서
친구 부모님이 밥 먹었는지 물어보면 안 먹었어도 먹었다 그러고 모
르는 사람 앞에서는 얼굴도 못 들었다. "몇 개 얼마, 몇 개 얼마~", 그
런 걸 나는 전혀 못 했다. 숫기가 없어 처음 보는 사람들 앞에서 말도
못 하고, 누가 과일을 들었다 놨다 해도 사란 말도 못 하고, 누구 아는
사람 지나가면 리어카 뒤로 숨고, 팔아먹으려고 빈말도 못 하고.

못 판 과일은 집에 와서 애들 멕이고, 나도 같이 먹고……

살만 찌고 돈도 못 벌고 더 이상은 안 되겠다 싶어서 접었다.

서른세 살
엿장사

수능이 다가왔다. 알던 사람이 엿을 팔아보는 게 어떻겠냐고 해서 물어물어 리어카랑 엿을 떼 왔다. 내가 봐둔 자리는 경문고등학교 앞이었는데 올라가는 길이 참 가팔랐다. 나 혼자 리어카를 지대로 못 끌고 올라갈 정도였다. 진짜로 혼자 몸부림을 치면서 겨우겨우 올라갔다.

엿은…… 단 한 개도 못 팔았다. 애들이 다 집에서 가져왔더라. 뭔 놈의 찰떡도 다 먹고 오고……. 지금 용기 같으면 "너네 시험이니까 하나 사라잉~" 할 텐데 그 말도 못 하고 서 있으니 누가 사주겠어. 엿은 바로 반납했다. 어떻게 반납했는가는 기억도 안 나.

오메 오메, 엿 하나도 못 팔고 내려올 때의 창피함은 진짜 말로 할 수가 없다. 이 엿을 팔아야 집에 들어가는데 어째 내 입이 못이라도 박아둔 것처럼 안 열리더라. 그 리어카 밀고 몸부림치면서 올라갈 때보다 하나도 못 팔고 내려오는 심정이, 진짜로…… 진짜로…… 비참했다.

서른네 살

꽃장사

현충일에 국립공원에서 꽃을 팔아보기로 했다. 나 아는 언니 남편
이 꽃을 떼다줄 테니 둘이 가서 팔아보라 한 것이다.
"꽃 사시오, 꽃 사시오~."
공원에서 외치며 다녀야 되는데 나 박막례, 또 말 한마디도 못 했다.
같이 간 언니가 불안했는지 신랑한테 "여보, 이 꽃 팔다가 못 팔면
어떻게 되는 거여?"라고 물어보더라. 다행히도 반납이 된다 하더라
고. 물론 수수료는 엄청 많이 떼야 하지만.
그래도 그날 한 송이를 팔았다. 어떤 부부가 오더니 오늘 꽃을 못 샀
다면서 나에게 한 송이를 달라고 하더라고. 그때 그 국화 한 송이가
150원이었나? 카네이션도 같이 가져갔었는데 그건 단 한 송이도
못 팔고, 아무튼 국화꽃 한 송이를 팔았다.
아니, 팔았다기보다 그 부부가 사준 거여.

서른다섯 살
떡장사

상가 안에 떡 코너가 비어 있다며 떡장사를 한번 해보라는 제안을 받았다. 나는 지금 생각해도 주변에 좋은 사람이 참 많았다. 어째 다 나를 도와주려고 하더라고.

나한테 떡 코너를 해보라고 제안해준 사람은 당시 새마을금고 이사장이었는데, 내가 그 이사장님 집에 파출부를 나갔었다. 나를 잘 봐주셨는지 파출부 그만두고 나서도 일을 알아봐준다고 도와주셨다. 그러다 자기 상가에서 월세도 안 받을 테니 떡을 팔아보라고 제안해주시더라고. 사실 그분은 죽어가던 상가를 살리는 게 목적이셨던 것 같다.

알게 뭐여. 나는 감사한 마음에 얼른 하겠다고 했는데 어째 문제가 하나 있었다. 다른 제품은 못 팔면 환불이 되는데 떡은 환불이 안 된다는 것! 고로 떡은 무조건 다 팔아야 한다는 것. 근디 많이 팔면 하루에 다섯 개, 평소엔 한두 개, 어떤 날은 하나도 못 팔았어, 에휴.

결국 남은 떡은 집으로 가져가서 애들을 먹였지, 뭐. 한두 번은 잘

먹더니, 이놈 새끼들이 떡을 안 먹겠다고 징징거리기 시작했다. 둘째가 엄마는 왜 떡만 사오냐고, 다른 것도 사오라고 그래서 나는 그것도 없어서 못 먹는다고 막 뭐라 했다. 떡장사는 도저히 환불도 안 되고 상가에 손님도 안 들어오고 애들도 안 처먹고 그래서 오래 할 수가 없었다.

나는 장사할 체질이 아닌가 보다……. 다시 파출부로 일 나갈 계획을 세웠다.

서른일곱 살
식당을 차리다

이번엔 친구가 식당을 해보자고 연락이 왔다. 자기 사촌동생이 식당을 얻어놨는데, 그놈이 제대로 요리도 못하고 믿음직하지 못하다고 나랑 같이 해보자고.

뭐 나야 음식은 잘한다고 소문이 자자했으니 솜씨는 걱정 없다만 거기 들어갈 돈이 없었다. 가게 보증금으로 내 몫은 200만 원이 있어야 됐는데 내가 모아둔 돈은 딱 100만 원이었다. 다행히 친구가 100만 원을 대신 해줘서 시작할 수 있었다. 돈은 모으는 대로 그 친구한테 바로 다 갚아나갔다.

식당은 여의도에 있었는데 푸드코트라고 생각하면 된다. 주방은 오픈식으로 되어서 앉아 먹는 데가 다 보였다. 주방 앞에 긴 테이블이 하나 있고 파란 플라스틱 의자가 서른두 개 있었다.

우리 식당 이름은 '광주식당'. 그 옆에는 '○○식당'이었는데 장사를 오래 해서 단골도 많고 잔뼈가 굵은 장사꾼들이었다. 겨울에 ○○식당이 연탄불을 다 쓰면 꼭 우리 식당에 와서 연탄을 슥 가져가곤 했다. 바쁘고 장사가 잘되니 그런 정도는 이해를 했다.

그런데 어느 날 우리 연탄에 불이 꺼져서 연탄 좀 빌려달라고 했더니 노발대발하면서 안 빌려주겠다는 거야. 왜 너는 안 빌려주냐고 하니, 너네는 장사가 안 되니까 연탄불 없어도 괜찮다고 씨부리더라.

그 소리를 옆의 '△△다방' 아줌마가 들은 거야. 저런 경우가 어딨냐면서! 광주식당이 처음이라 장사가 잘 안 되면 옆에서 더 도와줘야지! 하면서 내 편을 들어주더라고. 나는 손님 없는 우리 테이블에 턱을 받치고 앉아서 가만히 생각을 했다.

'아…… 장사는 저렇게 해야 하는구나. 성격 시원시원한 목수 손님이 오면 나도 목수 손님처럼 대하고. 점잖은 아저씨가 오면 나도 점잖게 대하고……. 나는 장사꾼 소리 안 들으려고 진짜로 얌체같이 안 했는데 장사는 그렇게 하는 게 아니구나. 지금 저 ○○식당 아줌마 말을 시원하게 받아칠 수 있는 사람이 되어야겠구나.'

○○식당은 우리 손님이 즈그 식당으로 가면 대놓고 좋아하고, 즈그 손님이 어쩌다 우리 식당으로 오면 난리를 쳤다. 하루는 ○○식당이랑 싸움이 났다.

"야! 느그 집에서 밥 먹는 손님 내가 끌고 왔어? 나 여태 밥만 파는 장사꾼이라는 소리 안 들으려고 진짜 다 참았다. 느그 음식이 안 맞으면 우리 집 와서 먹는 거고. 우리 음식이 안 맞으면 느그 식당 가는 거지! 내가 한 번 당하지, 두 번은 못 당해!"

나도 한번 맞받아쳤다. 그렇게 ○○식당처럼 할 말 다 하고 나니까 더 이상 우리 식당에 시비를 안 걸더라. 그날로부터 한 일주일이나 지났나. ○○식당이 나를 뒤로 부르더라고.

"어이, 광주식당. 내가 생오징어 사다가 그놈 알 가지고 된장찌개 보글보글 끓였는디 점심이나 같이 먹으세."

그래서 나도 우리 식당 밥통에서 밥 한 그릇 떠서 그 자리로 넘어갔지. ○○식당 아줌마가 국을 뜨며 말하더라고.

"야, 느그 손님이 없어가지고 그렇게 말한 건디, 생각해보니 내가 잘못했다. 손님 없으니까 내가 더 도와줘야 되는데 내가 미안해."

사과를 하더라고. 그 뒤로는 잘 지냈다. 나는 뒤끝이 없는 사람이여. 아무튼 그때까지 나는 장사에 대해서 아무것도 모르고 밥만 하니까 여기저기서 얕보고 무시했었는데 우리 옆 ○○식당을 보면서 깨달은 게 많다.

'장사하려면 독해져야 되는구나.'

진짜 그때 깨달았다.

마흔한 살
사기

같이 장사하던 친구는 떠나고 나 혼자 광주식당을 운영하며 자리를 잡기 시작했다. 어느 날 느닷없이 고향에 같이 살던 친척놈이 우리 식당에 왔더라. 여기서는 이름은 안 부르고 '똘이'라고 하겠다.

그 똘이가 누님 여기 와서 장사한단 얘기 들었다면서 여의도 63빌딩 놀러 온 김에 들렀다고 했다. 나 처녀 때 생각해보면 그놈 성격이 아주 까다롭다고 주변에서 아무도 걔랑 안 놀았다. 그런데 똘이는 돈이 많은 놈이었다. 우리 여의도 상가에서 같이 장사하던 여자가 똘이한테 돈을 빌렸다고 하더라.

하루는 그 여자가 "언니, 앞으로 똘이 오면 일수 통장 도장 좀 언니가 대신 찍어줘요" 하더라. 자기가 이미 일수 도장을 세 개나 찍고 있어서 본인 가게 손님들한테 보이기 민망하니까 하나만 언니가 대신 찍어달라고 하더라고. 똘이는 그 자리에서 그 얘길 가만히 듣다가 말했다.

"아, 저 아가씨가 나한테 돈 500 빌리는데 도장 찍는 김에 막례 누님이 보증 서면 되겠네."

그래서 나는 여자에게 물었다.

"아가씨, 뭣 헐려고 얻어?"

그러자 그 여자가 이러는 거야.

"언니, 내가 일수하고 있으니까 그거 잘해가지고 바로 갚을게."

나는 보증이라는 거를 서기로 했다.

지금처럼 은행 가서 뭘 찍고 이런 게 아니라 그냥 말로 "내가 보증 슬게" 한마디 한 거, 그게 보증이었다. 똘이가 은행에 부리나케 가더니 20분 만에 돈 500만 원을 가져왔다. 그 돈을 갑자기 나한테 주더라. 왜 나를 주냐고, 저 급하다는 아가씨 주라고 했더니 똘이가 그러더라.

"내가 누님 보고 준 거니까 누님이 돈 세시오."

그래서 내가 돈을 세가지고 그 아가씨를 줬지.

그 여자는 한두 달 동안 똘이한테 이자를 줬다. 똘이놈은 지가 직접 받으러 가지 않고 나보고 꼭 그 여자한테 받아오라고 시키는 것이다. "니가 가지. 왜 나보고 시켜?" 하니까 누님 믿고 준 거니 누님이 받아와야 된다나 뭐라나.

근디 그 여자가 사라졌다. 가게 문을 닫고 사라져버렸다. 똘이는 그 여자를 찾을 생각은 않고 우리 식당으로 오기 시작했다. 정말 나한테 징허게 앵겨붙었다. 내 인생은 왜 이러는지 이제 살 만해져서 자리 잡는구나 했는데 왜 이런 일이 생기는 건지. 말로 보증 선 게 이렇게 무서운 거구나. 나는 사람들한테 도움 많이 받고 살아서 똑같이 사람한테 도움으로 갚으려고 나섰다가 이 꼴이 되어버렸다.

똘이는 하루에 몇 번씩 찾아와서 이자를 달라고 했다. 개 부담스러워서 장사를 못 할 정도였다. 얼마나 염병을 하던지. 이자도 얼마나 비싸게 받아 처먹었는지. 그 새끼 말하면 열받아서 가슴이 벌렁벌렁하고 말도 안 나온다. 그 새끼는 얼마나 나빴는지 원금도 나눠 안 받으려고 했다. 이자만 슥슥 받고 원금 500만 원은 한꺼번에 달라고 하더라. 이 미친놈이, 이자 받으려고! 내가 1원도 쓰지 않은 그 500만 원 갚는 것도 억울하고 분통이 터져 죽을 것 같은데 이자까지 갚아야 되는 상황. 이 악물고 원금을 갚아나가려 해도 조금씩은 안 받아준다는 놈. 이 천하의 썩을 놈. 평생 그렇게 이자만 받으려고 했던 새끼였다.

도저히 안 되겠어서 광주식당을 빼서 그 새끼한테 돈 400만 원을 억지로 쥐어주고 100만 원을 남겼다.

마흔세 살
신이 있다면

100만 원을 가지고 봉천동에 호프집을 차렸다. 똘이는 거기로 또 맨날 찾아오기 시작했다. 내가 돈 500만 원을 말로 보증 선 바람에 거의 5천만 원을 갚았다. 개가 이자를 10부로 받았다. 버는 족족 그놈한테 돈 주고 우리 새끼들 가르치느라 내가 그렇게 좋아하는 단 감 한 개도 안 사 먹고 살았다.

장사하는 동안에도 똘이 그놈은 호프집에 앉아 있다가 맥주 하나 팔면 그 돈 가져가고 맥주 두 잔 팔면 그 돈 가져가고……. 그놈한테 준 돈들 내가 다 적어놨는데 5천만 원 가까이 되더라. 그 새끼 때문에 스트레스 받고 힘들어서 눈이 다 침침해졌다. 똘이는 본인 형수한테도 돈을 빌려주고 그렇게 도둑놈처럼 받는 놈이었다. 알고 보니 가족이고 동향 사람이고 뭐고 없이 사람들을 괴롭히고 다녔다.

하루는 길바닥에서 2만 원 주고 돋보기를 하나 샀다. 그날도 똘이 놈이 왔지. 근디 그날 줄 이자에서 돈 만 원이 모자랐다. 똘이 새끼가 가만히 있더니 누님 그 돋보기 잘 보이냐고 하기에 대답했다.

"응, 그냥 길바닥에서 2만 원 주고 샀어. 너 때문에, 이놈 새끼야, 눈이 침침해져서 이거 샀어."

아직도 생각나는 게 그 안경이 샛노란색이었다.

"누님 아까 이자 만 원 모자랐지? 대신 오늘은 이 안경 가져갈게."

이러면서 내 안경을 가져가더라고.

정말…… 도둑놈…… 나쁜 놈…… 너는 그냥 죽어도 안 된다……. 아파서 죽어도 안 되고, 너는 어서 뒈져도 즉사해서 죽으라고 생각했다. 그놈한테 돈 빌렸다가 평생 이자만 갚던 그 형수도 괘씸해서 똑같이 말했다고 하더라. 뒈져도 즉사해서 죽으라고. 그때는 내가 절에 가서도 우리 새끼들 잘해달라고 절하는 것도 아니고 부처님, 진짜 부처님이 있다면 내 소원풀이 해달라고. 내가 그놈한테 돈 5천만 원 가까이 갚았는데 만 원 모자라니까 내 안경까지 가져가부렸어요……. 신이 있다면 그놈 즉사해서 뒈지게 해주십시오……. 아이고, 내가 그렇게까지 빌었다.

그 지긋지긋한 똘이와 안 보게 된 건 동네 순경 덕분이었다. 어느 날, 우리 봉천동 호프집에 왔던 순경이 내가 돈 뜯기는 걸 보다가 무슨 일이냐고 묻더라고. 내 사정을 이야기했더니 그 돈 안 갚아도 되는 거라고, 돈 500 갖다 썼다고 5천만 원 받아가는 놈이 어딨냐고 그 순경이 나서서 도와주더라고.

똘이놈이 순경 보고 쫄지도 않고 "아따 니놈이 샛서방이냐?"라고 별 지랄을 했다. 그 순경은 이 새끼 말로는 안 되는 놈이라는 걸 알았는지 자기가 돈 100만 원 지금 내줄 테니까 이분 괴롭히지 말라고 하더라고. 진짜 그 순경이 그 자리에서 바로 돈 100만 원을 가져왔다. 그 똘이놈이 100만 원에 대한 이자를 또 달라고 하더라고. 미친놈. 그날 이후 나는 그 호프집에서 번 돈을 다시 순경한테 이자 없이 갚으면서 모든 빚을 청산했다.

그러니까 나는 한 달에 이자 70만 원을 5년이나 냈다. 이자만 4,200만 원. 1원도 쓰지 않은 500만 원의 원금까지 합치면 4,700만 원.

그렇게 2년이 지났을까, 고향 사람한테 전화가 왔다.
"막례야, 니 소원풀이 했다. 똘이 그놈 죽었대. 공사장 2층에서 떨어졌는디, 어째 같이 떨어진 사람은 살고, 똘이만 즉사했디야."

마흔다섯 살
사기 2

어쩜 아는 사람이 더한다는 말, 이럴 때 쓰는 거겠지.

고향 동생한테 돈으로 크게 데였는데 이번엔 먼 친척한테 사기를 당했다. 일본에 가면 한 달에 400만 원을 번다고.

그때 당시 식당으로 어떻게 400만 원을 버나. 나 혼자 살려면 살겠지만 내 새끼들 세 명 키우려면 호프집으로 버는 돈으로는 턱도 없었다. 그 사기꾼 친척 이름은 '철수'로 하겠다. 철수놈이 일본 가면 공짜로 먹여주고 재워준다며, 누나는 일만 하면 된다고 꼬셔댔다.

고민 끝에 봉천동 가게를 빼 300만 원을 철수한테 줬다. 자기가 비행기표랑 일자리 알선이랑 해서 받는 돈이라고 했다. 다른 사람한테는 500 받는데 300만 받겠다고. 우리 큰이모네 딸도 같이 그놈 말에 속아 100만 원을 우선 줬다. 나는 참 등신이지. 어째 줘도 한번에 다 줘버렸을까나.

아무튼 비행기만 타면 되는 상황이었고 날짜는 9월 3일이었다. 비행기 타려고 이불이며 항아리며 아끼던 것들은 다 큰아들, 며느리한테 보내놓았다. 내가 일본 가서 돈 벌어서 버는 족족 부쳐줄 테니 너희도 잘 살고 있으라고 이별의 인사도 나눴다.

우리 막내딸 수영이는 결혼한 큰아들 집에 맡겼다. 수영이는 그 집에서 학교를 다녔다. 떠나는 날 당일, 아침 9시 비행기로 알고 있었는데 어째 시간이 되어도 전화가 안 오는 것 아닌가. 삐삐도 안 들어오고……. 그때 총명했던 내 조카한테 전화를 해서 물었다.

"저기…… 철수가 나 일본 보내준다고 했는데 왜 전화를 안 받지?"

내 조카가 그 친척네 집에 전화도 해보고 수소문을 했더라고. 막례고모가 찾는다고.

내 얘기를 듣고 그 이모네 집안이 다 뒤집어졌다. 세상에 그 새끼, 사기꾼이라고! 어떻게 막례한테까지 연락을 해서 찾아갔냐고. 등쳐 먹어도 왜 하필, 왜 하필 불쌍한 막례를 등쳐 먹냐고…….

믿기지가 않았다. 내 조카가 공항에 전화까지 해봤는데 9시 일본 가는 비행기는 없다고 했다. 설마 친척한테 사기를 칠까, 난 의심도 못 했다.

그날 큰이모네 딸이랑 같이 철수 집에 갔다. 철수는 이미 튄 상태였고 그 집은 도박꾼들 놀음방이 되어 있었다. 철수 엄마와 철수 아들이 거기서 도박을 하는 것 같았다. 철수 아들은 다리 하나가 없었던 걸로 기억한다. 어째 미안한 기색은 하나도 없고 밝은 표정으로 화투만 치고 있었다. 같이 갔던 큰이모네 딸은 거기 자리 펴고 화투를 몇 판 치더니 100만 원 본전을 땄다. 나는 화투도 못 치고 노름할 용기도 없어서 멍하니 보다가 나와버렸다. 친척한테 300만 원 사기 당한 내 인생이 불쌍하지만 그날은 누구도 원망할 수 없었다.

그날 저녁 우리 언니네 집에 가려다가 형부 눈치가 보여서 조카네 집으로 갔다. 우리 큰언니네 큰딸네.
"나 너 따라다니면서 일하면 안 돼? 난 집이 없어. 아들이랑 며느리 집에 갈 수도 없고……"
애들한테 엄마 사기당했다고 말할 용기가 안 났다. 나는 집도 없고 갈 데도 없다고 생각하니 또 눈물이…… 눈물이 펑펑 났다.
내가 왜 갈 데가 없을까.
열심히 살고, 열심히 살려고 하는데 왜 자꾸 이런 일이 생길까.
큰사위가 저녁에 집에 왔다. 나는 방구석에서 자는 척하고 누워 있었다. 뜬눈으로 이불 속에서 쪽팔리고 창피하다고, 신세타령을 하고 있었다. 큰사위가 조카에게 물었다.
"막례 이모 어쩐 일로 여기 와 있어?"
조카가 대답했다.
"이모가 나 따라다니면서 일한대."
그러자 그 사위 하는 말이 이랬다.
"막례 이모한테 잘해. 사람 돈 있을 때나 잘하는 거 아무 소용없다. 이모는 공사장 일 안 해봤으니까 잘 가르쳐주고 어려운 거 시키지 말아."

그 말을 듣는데 눈물이 또 펑펑 났다. 그렇게 조카 따라서 한 일주일 동안 공사장 잡일을 했다.

얼마 안 지나 내 고향 친구한테서 전화가 왔다. 내가 또 사기당했다는 소문이 났나 보다. 오랜만에 신랑 욕이나 실컷 했다. 그 새끼 바람난 거냐며 막 욕을 했다. 그러다 친구가 울더라고.

막례 너는 똥도 버리기 아까운 사람인데 왜…… 왜…… 하면서.

마흔여섯 살

축 개업
자매식당

용인 포곡중학교 앞에 아주 작은 백반집을 하나 차렸다. 나 등쳐 먹
는 인간도 많았지만, 나 도와주는 사람도 참 많았다. 지인인 지씨 아
저씨 도움으로 식당 전세를 천만 원에, 이자는 5부로 계약을 했다.
대신 가게 명의도 지씨 아저씨 이름으로 했다. 여기 아니면 난 죽는
단 생각으로 일을 했다.

맛있고 싸게.

새벽부터 밤늦게까지, 손님 한 명이 밤 12시까지 소주 한 병 시키고
앉아 있어도 나가란 소리 안 하고 기다렸다. 계란말이를 두툼하게
말아서 기본 반찬으로 냈더니 그야말로 대박이 났다. 좁아터진 식
당이었는데 운은 시원하게 터진 기분이었다.

그럼에도 사는 형편은 여전히 어려워, 나는 집도 없이 창고에서 박
스를 깔고 자는 생활이 이어졌다. 그러던 어느 날, 장사가 끝나고도
집에 가지 않는다는 걸 건물 주인인 안집 아줌마에게 들켰다. 쫓겨
나면 큰일이었다. 근디 안집 아줌마는 내 사연을 듣더니 안 쓰는 침

대가 있다며 나무 침대 하나를 주는 게 아닌가. 안 그래도 잘 때마다 콘크리트 찬 기운이 올라와서 죽는 줄 알았는데…… 덕분에 살았다. 용인 시내에서 전기장판 하나 사와서는 침대 위에 깔고 잤다. 진짜, 그 아줌마에게 감사하고 내 평생 그 은혜를 잊지 못한다(지금도 방 따뜻한 데서 자면 그 안집 아줌마 생각이 난다).

식당 장사가 잘되자, 하루는 안집 아줌마가 나를 불렀다.

"여기 계약한 사람이 아줌마 이름이 아니네? 왜 남의 이름으로 가게를 계약했어요?"

"아줌마, 저 이 가게 사실 빌린 돈으로 한 거예요. 그분 이름으로 한 거지요."

이자도 5부 내면서 갚고 있는 중이라고 말했더니, 그 안주인이 나를 보면서 다른 동네에서 와서 장사하면 텃세 때문에 오래 못 버티고 나가는데 아줌마 독하게 잘한다고, 계속 버틸 수 있겠냐고 했다. 이제 텃세고 뭐고 그딴 건 상관 안 한다고, 나 우리 새끼들 먹여 살려야 된다고, 더 이상 사기 안 당하고 착실하게 장사만 열심히 할 거라고 했다.

그랬더니 안집 아줌마가 자기는 이자를 2부에 해주겠다고 하는 게 아닌가! 그 다음 날 사과 한 박스를 사서 지씨 아저씨 집에 갔다.

"벌써 돈 갚는 거요?"

"아뇨. 안집 아줌마가 나 열심히 산다고 이자 2부에 해주신대요."

그 아저씨도 자기한테 2부 갚으라고 하데? 아이고, 그냥 사과 한 짝

주면서 이자랑 안집 아줌마한테 받은 천만 원 드리고 털어버렸다. 그 후로는 안집에 세를 갚기 시작했다.

그러다가 우리 큰아들 직장 사장이 우리 아들이랑 같이 밥 먹으러 가게에 왔다. 마침 에버랜드 직원들도 밥을 먹고 있었는데, 우리 밥이 너무 맛있다고 안까지 배달하면 더 잘될 것 같다고 하더라.

"나는 배달할 줄 모르는데 어떻게 해야 될까요?"

내 말을 들은 아들네 사장인 정씨 아저씨가 나한테 쓱 오더니 말했다.

"내가 여기서 일하면 어떻소?"

곧 은퇴하고 와이프랑 식당을 차릴 예정인데 일 좀 배우고 싶다고. 배달은 자기 차로 하고 일을 배우면서 하겠다고 했다. 월급은 당시 100만 원이었다. 근디 조건을 하나 붙이더라고. 이 나이에 여기서 배달 아르바이트 한다고 하면 손님들이 무시할 수 있으니 부부 행세를 하자고. 자식들 놀러오면 나랑 말 섞지 않으면 되고 아줌마도 돈 벌고 괜찮잖아요, 하더라.

아…… 얼른 돈 벌어서 우리 애들 뒷바라지해야 하는데……. 배달을 해야 할 것 같은데……. 그래서 그 사장님 부인되는 분과도 얘기를 하고, 우리 자식들한테도 이야기를 해뒀다. 그리고 일 시작 전에 정씨 아저씨 사주를 가지고 시흥에 점을 보러 갔다.

"같이 장사하려는데 장사 운이 맞을지 좀 봐주세요."

얼마나 절실했으면 거기까지 찾아가서 점을 봤을까.

더 이상 망하면 안 되니까. 점쟁이가 정씨 아저씨는 내 등칠 사람 아니라며, 잘될 것 같다며 동업을 추천했다. 게다가 우리 아들도 그 사장님 괜찮다고 하니 믿어볼 만했다.

정씨 아저씨와 나는 그렇게 동업을 시작했다. 오메, 무장무장 배달이 늘어나기 시작하더라. 정씨 아저씨는 소나타를 팔았고 대신 내가 봉고차를 한 대 뽑아줬다. 하루는 정씨 아저씨가 반주를 하고 봉고차를 끌고 나가서 전봇대를 박았다. 순간 너무 화가 나고 또 뭔가 잘못될까 무서워 정씨 아저씨를 불러다놓고 우리 배달 일을 그만두라고 했다. 배달 가려고 싸놨던 도시락들을 눈앞에서 다 버렸다. 나 아저씨한테 배달 못 시킨다고. 그렇게 으름장을 놓은 다음 아저씨를 자리에 앉혀두고 얘기했다.

"아저씨! 정신 차리쇼. 우리 나이에 어디 가서 또 일 구하겠소? 나 이게 마지막이에요. 내 인생 다 걸었어요."

정씨 아저씨는 10분 고민하더니 딱 술을 끊겠다고 했다. 그 이후로 10년을 술 한 모금도 안 마시더라. 본인도 절실했나 보다. 술 끊으면 내가 담뱃값을 대신 내주겠다고 했는데 그렇게 많이 피울 줄은 몰랐제. 하루에 두 갑 피우더라고! 하하.

정씨 아저씨는 내 최고의 장사 파트너였다. 둘이 밥 한 그릇 뜨는 모양 가지고도 싸웠다. 근디 말이여. 참, 우리 둘 다 치열하게 열심히 살았던 것 같아. 진실로 같이 열심히 일했던 사람, 정씨 아저씨밖에 없다. 정씨 아저씨, 우리 참 열심히 살았어(정씨 아저씨는 지금도 내가 김장하거나 밭에 고구마 심거나 할 일 있거나 하면 와서 도와주는 사이다).

그 이후

된장찌개, 계란말이로 번 돈에다가 대출을 좀 껴서 건물을 세우고 쌈밥집을 차렸다. 그야말로 1년에 딱 한 번 명절 빼고는 쉬지 않고 밥장사만 했다. 그러는 동안 갈비뼈도 나가고, 무릎 십자인대도 다 쳤다. 수술을 하고 좀 쉬어야 하는데 바로 김장을 하고 반찬을 무치고 쌀을 지는 바람에 제대로 낫질 못했다.

그러다 일흔 살이 넘으니까 낫고 싶은 생각도 없고 이냥저냥 살다 죽는 거구나 했다. 포기했다는 말이 맞다. 어느 순간 내 인생이라는 것을 포기. 그냥 지금 식당 잘 유지하고 우리 딸한테 물려주고 애들한테 피해 안 끼치고 죽어야지, 하는 생각뿐이었다.

사진으로 보는
막례 인생 주요 사건

10대

열여덟 살 때 나와 둘째언니 박영주. 이제는 여든여섯 된 우리 언니가 동생도 몰라본다.

20대

결혼사진. 스무 살 때 인애가 소개해준 종근이랑 결혼했다. 염병할 가시내.

인애야. 하늘에서 기다리고 있어라. 너 때문에 내가 얼마나 고생했는지 아냐? 너 하늘나라에서 나 잘되게 해도라이. 고맙다.

큰아들과 나. 스물한 살에 첫애를 낳았다. 이때는 진짜 잘생겼었거든요? 중학교 2학년 때부터 망가지기 시작하더라고?

30대

스물일곱에 둘째, 서른에 셋째가 태어났다. 참 열심히도 살았다. 큰아들은 세 살 때 시어머니한테 맡기고 내가 돈을 벌러 다녔는데 초등학교 2학년이 되어서야 다시 데려올 수 있었다.

둘째아들과 나. 야구한다고 내 돈 다 갖다가 썼어. 엄마 내가 야구해가꼬 비행기 태워준다고 나를 얼마나 꼬시던지. 비행기는 커녕 리어카도 안 태워줘. 우리 유라가 태워주네.

막내딸 수영이랑. 나를 이어 쌈밥집을 운영하고 있어서 가족여행도 같이 못 가서 제일 속상하다. 딸이 나처럼 고생만 하면서 살면 안 되는데 싶어서.

서른다섯 살 때. 내 인생은 비참한 인생이었다. 종친 내 인생. 생각도 하기 싫은 인생이었다. 나는 늙어도 지금이 좋아. 행복해.

서른일곱에 여의도에서 친구랑 '광주식당'을 차렸다. 장사하려면 독해져야 되는 걸 그때 깨달았다.

40대

마흔세 살의 나.

마흔여섯에 용인에 백반집을 차렸다. 이름은 '자매식당'. 이 자리에서 건물도 세우고 은퇴할 때까지 계속 일했다.

50대

10대 때부터 만난 고향 친구인 애순이랑. 계모임으로 제주도 갔을 때 유채꽃밭에서 찍었다. 이 시절이 또 올랑가 모르겠다.

하프타임

그러니까 내 말은 우리 할머니처럼 살기 싫었다는 거다.

70 평생을 아버지 때문에, 남편 때문에, 자식들 때문에
허리가 굽어라 일만 하며 살다가

"박막례 씨, 치매 올 가능성이 높네요."
라는 말을 들어야 하는 불쌍한 인생.

할머니가 병원에서 치매 위험 진단을 받은 날,
내 나이 스물일곱이었고 인생은 진짜 불공평하다는 것을 인정해야
했다.

할머니와 둘이 호주로 떠났다. 다니던 회사는 그만뒀다. 왜 꼭 퇴사

까지 해야 했느냐고 물어본다면, 일단 그 회사라는 곳이 '할머니를 위한 효도여행'이라는 이유로 휴가를 흔쾌히 내주지 않았다. 회사 대표와 일대일 면담을 하면서 눈물을 쥐어짜내며 내가 왜 우리 할머니랑 지금 당장 둘이 여행을 가야만 하는지에 대해 브리핑을 하는데도 '유라 씨는 참 철이 없네'라는 눈빛을 받아야만 했으니까.

지금 생각하면 그때 나는 어떤 생각에 단단히 미쳐 있었다.

우리 불쌍한 할머니,
이대로 죽게 내버려둘 순 없었다.

후반전

인생,
지금부터야

1
이 모든 것의 시작, 호주 케언스

#할머니와첫해외여행 #썸머크리스마스 #헬멧다이빙
#캥고리 #박막례할머니캐릭터탄생

막례쓰

"할머니, 거긴 여름이야."
"여름이라고? 염병하네."

추워 죽겠는데 여름옷을 챙기라고?
나는 70 평생 나라는 다 똑같은 줄 알았다.
이 가시나가 나를 놀리네!
콧방귀를 뀌고 겨울옷을 챙겼다.
근디 가만히 봉께 유라가 진짜 여름옷을 챙긴다.
나도 가만히 보다가 유라 몰래 여름옷도 한 벌 챙겨봤다.

"우리 가는 데가 어디라고?"
"케언스."
"케언드?"
"케언스!"
"케원드?"
"케. 언. 스!"
"케온지?"

유라

이 여행을 가기 전, 인터넷을 뒤져 온갖 치매 예방법을 찾아봤다. 거기서 본 대로 할머니 휴대폰에 앱을 깔아서 두더지게임을 실행했다. 게임에 흥미가 없는 할머니는 억지로 게임을 했다. 두더지를 잡아야 되는데 엉뚱한 땅만 터치하다가 1단계에서 탈락하기 일쑤.
마음대로 되지 않는 게 창피한 듯 "나 안 할래, 안 할래" 하다가도 계속 "한 번 더 해볼게"라며 도전하던 할머니의 모습. 억세게 사느라 세상 무서울 게 없던 박막례도 치매가 무서웠던 거다.
열심히 해보겠다는 할머니의 표정.
그런데 할머니 표정이 왜 이렇게 슬프지.
할머니에겐 두더지 잡는 게 더 스트레스인 것 같다.

안되겠다. 다른 방법을 찾아보자.
치매 관련 논문도 찾아보고 인터넷 치매 환자 카페에도 가입을 했다. 그러다 발견한 문장이 내 머리를 한 대 팍 쳤다.

치매는 의미의 병입니다.

내 존재가 더 이상 큰 의미 없다고 판단할 때 뇌세포도 서서히 감소하게 되고, 그렇게 기억력을 잃어가는 병. 정확하지는 않지만 대략 그런 내용이었던 것 같다.

그러니까 내가 이 세상에 존재할 가치가 없다는 판단이 들 때 우울과 시련이 나를 잠식하면서 뇌세포가 하나둘 손상되는 마음의 병. 그래, 애꿎은 두더지나 잡고 있을 때가 아니다.

할머니가 왜 살아야 하는지!
왜 존재해야 하는지!
무엇을 해야 하는지!
당신 삶의 의미를 찾게 하자.

그게 생각 없이 깔깔깔 웃는 일이든, 매일 손님을 위한 밥을 차리는 일이든, 이 세상이 살아갈 가치가 있다는 것을 느끼게 해주는 것. 결국 삶이란 매일 내 존재의 의미를 찾아가는 것.
그 의미가 다했다고 생각이 들 땐 눈을 뜨고 있어도 삶이 끝난 것과 마찬가지라는 걸 깨달았다.

그래, 여행을 가자.
진짜 자유로운 여행.

여행지는 호주 케언스로 정했다. 호주 관광청에서 일하는 지인이 추천하길 할머니와 함께 할 수 있는 액티비티가 많단다.
일하는 곳에는 사직서를 썼다. 휴가를 얻으려고 눈물까지 흘리며 '생쇼'를 해보았지만 잘되지 않았다.

할 수 없지, 내 가족을 소중히 여기지 않는 회사는 나도 필요 없어.

할머니는 미쳤다고 했다. 세상에 엄마도 아니고 할머니가 아플까 봐 직장까지 그만두는 손녀가 어디 있냐고.
어쩔 수 없다.
이미 그만뒀으니까 짐이나 싸자고!

 **막례쓰**

나는 나름 계모임에서 여행을 꽤 다녔던 사람이었지만 자유여행이라는 것은 처음이었다. 근디 공항에 도착하니 내가 여태 다녔던 공항과 어째 다른 느낌이다. 우리는 정 부장님이 시키는 대로 한자리에 가만히 앉아 있다가 누구 하나 화장실 갈 때도 손잡고 우루루 다녔제.
근디 유라랑 둘이 오니까 오메 오메 이게 뭣이랑가.
공항이 이렇게 넓었당가? 이게 뭔 일이랑가.

커피도 마시고 내 맘대로 화장실도 쏘다니고.
이게 자유여행이구나!

유라

호주에 도착한 첫날, 스카이레일을 타고 원주민 문화를 체험할 수 있다는 쿠란다 마을로 향했다. 그런데 바로 문제에 봉착했다. 케이블카 안에서 할머니 사진을 찍었는데…….

아니, 이게 어딜 봐서 호주?

설악산이라고 해도 믿겠다고요.

등산복 같은 할머니 옷이 문제인 것 같았다. 할머니에게 옷 좀 바꿔입으라고 했다.

"나는 이런 옷밖에 없어. 이게 젤 편해."

내가 사진을 딱! 보여주면서 물었다.

"할머니 이거 봐. 이게 호주야, 설악산이야?"

할머니는 대답했다.

"설악산."

쿠란다 마을에 내리니 마침 원주민들이 입는 원피스를 파는 가게가 있었다. 할머니 입을 원피스를 하나 사서 그 자리에서 갈아입게 했다. 무늬도 화려한 민소매 원피스를 어떻게 입느냐고 부끄러워하던 할머니.

막상 입고 다니기 시작하니 할머니가 달라졌다.

할머니 당신이 뭘 어떻게 하고 다니든 사람들은 전혀 관심이 없다는 걸 알게 된 거다.

등산복을 벗고 꽃무늬 원피스를 입은 순간, 할머니의 마음도 새옷을 입은 듯 자신감이 붙은 것 같았다. 나흘 내내 스스로 옷을 고르며 쇼핑을 하고 메이크업도 더 진하게 해보았다.

"이렇게 다녀도 아무도 안 쳐다봐."

할머니는 신이 났다. 수영복을 입고 돌아다니기도 했다. 케언스는 해변에 있는 동네라 수영복 입고 돌아다니고 맨발로 횡단보도를 건너는 것도 일상이니까.

할머니로서는 모조리 처음 해보는 일들, 충격적이면서 재미있는 일들이었다.

"다시 태어나면 호주에 살고 싶다."

할머니는 호주에 흠뻑 빠졌다.

#난생처음_민소매

분명 유라가 케이블카를 타러 간다고 했다.

케이블카는 좀 타봤는지라 아, 산으로 올라가겠구나! 감이 딱 왔지.

평소 입던 대로 등산복을 입었는데 유라가 왜 등산복을 입었냐고 지랄 염병을 하는 거여.

아니 산은 다 마찬가지제. 호주 케이블도 똑같은 산 타고 가는 거 아녀. 그럼 산으로 지나가니께 등산복 입어도 되는 거 아녀. 그렇게 내 주장대로 그 옷을 입고 케이블카를 탔다.

이렇게 길고 높은 케이블카는 처음 타봐서 어안이 벙벙했다. 꼭 정글에 와 있는 기분!?

"야, 유라야 사진 좀 찍어봐라잉?"

찰칵.

……솔직히 그때 사진은 호주가 아니라 뭔 강원도 속초 놀러 간 사람 같더라.

케이블카에서 내리자마자 유라가 옷을 사준다고 했다. 평소 같으면 됐어! 할 텐데 사진을 보니 영 별로라.

구경이나 해볼까나? 근디 눈에 확 들어오는 노란 원피스 하나가 있더라고. 그때 그 옷 파는 아줌마랑 처음으로 영어를 쌀라쌀라 했는데 잘 어울린다, 예쁘다 그랬던 것 같다. 계모임으로 여행 갔을 땐 외국인들이랑 말 한마디 섞을 일도 없었는데, 유라랑 오니까 잠깐이라도 눈빛 주고받으며 인사라도 하니까 신기하더라.

그 사람이 추천해준 노란 원피스를 샀다. 어디 갈아입을 데가 없어서 화장실로 가서 갈아입었다. 처음엔 민소매 원피스라서 솔직히 나가기 창피했다. 내 팔이 다 나와가꼬. 쪼끔이라도 덮어줘야 되는디 완전히 다 나왔더라. 사람들이 나를 처다볼 것 같더라.

용기 내서 나갔더니 진짜로 한 명도 관심을 안 주고 나 안 처다봤다. 그 사람들은 눈도 없는가 봐야. 옷을 사 입었으면 좀 봐줘야 될 거 아녀. 한 명도 안 보고 지네 볼 것만 보더라. 아무튼 사고 봉께 참 잘 산 것 같애야?

사진도 잘 받고, 나랑 잘 어울리고, 사람들도 멋지다고 엄지를 척! 치켜들어줬다.

before 할머니 입고 간 옷.

after 할머니 새로 산 옷.

#캥고리_만난_날

생전 처음 탱고리인지 캥고리인지 이름도 제대로 모르는 동물을 쿠란다 마을에서 봤다. 근디 가서 보니까 앞다리는 짧고 뒷다리는 길어가꼬 다친 것 같아서 마음이 엄청 아프더라.

"너 다리가 끊어져서 그러냐? 오메 오메……."

불쌍해가꼬 그것을 자꾸만 쓰다듬어줬다.

옆에 한국인 남자가 있기에 말을 걸었다.

"오메, 이 친구는 다리가 아팠는가 봐요……. 뼈가 쭉 빠져부렀어요."

"네? 뭐가요?"

"애가 뒷다리를 못 쓰고 막 끌고 댕기잖아요. 어쩌쓰까잉……."

"할머니, 원래 캥거루는 이렇게 걸어댕겨요……."

나는 창피해가꼬 말이 안 나와부러따. 그 이후로 그 아저씨를 피해 댕겼다.

캥고리는 뒷다리가 더 길구나.

70년 만에 처음 알았다.

korea_grandma   •••

korea_grandma 나는켕고리가다리가내개또갓튼줄아랐어
딋다리가더길더라너무나욱겼어켕고라너사랑해

"나는 캥거루 다리가 네 개 똑같은 줄 알았어.
뒷다리가 더 길더라. 너무나 웃겼어. 캥거루, 너 사랑해."

할머니는 캥거루가 개처럼 네 발의 길이가 똑같은 줄 알았다나? 할머니에게 캥거루는 상상 속 동물이었나 보다. 어쩜 판타지 속으로 들어온 것처럼 느껴지겠다. 호주라는 나라가 있는 것도 모르고 캥거루라는 동물이 있는 것도 몰랐을 테니까. 갓 태어난 아이에게 세상 모든 것이 신기하듯 할머니에게는 모든 것이 신기하고 재미있어 보이는 듯하다.

"이 나라는 토마토가 이렇게 생겼다."

"무가 이래야. 길어서 사람 찌르겠어야."

같은 장소에서 같은 걸 봐도 할머니는 껍질 색깔이 어떻고, 꼭지가 어떻고까지 자세하게 알고 있었다. 나는 사소하게 여기고 눈여겨보지 않은 것들을 할머니는 다 기억하고 있었다. 나는 수없이 먹어본 파스타지만 할머니는 먹을 때마다 맛이 이건 이렇고 저건 저렇고 하면서 세심하게 잡아냈다.

나이가 많으니 세상에 무뎌졌을 거라는 내 생각은 틀렸다. 손끝은 무뎌졌을지 몰라도 할머니의 감각은 초롱초롱 빛났다. 모든 것에 반응하고 하나도 놓치지 않으려는 듯했다.

할머니보다 훨씬 적게 살았으면서 나는 뭐가 그리 익숙했을까.
뭘 다 안다는 듯이 살았을까.
할머니 덕에 나도 '처음'이 주는 설렘을 다시 느끼고 있었다.
내가 마음만 먹으면 세상은 언제든 초면이 된다.

막례쓰

스케이트인가 스케이키인가, 나 말만 들었지 사실 먹어는 안 봤다.
그래서 호주에서 나도 드디어 그놈의 스테이크 먹을 기회가 왔구
나, 엄청 기대를 한 것이여. 내가 보는 드라마에서는 주인공들이 다
스테이크를 썰기에 그거 꼭 한번 썰어보고 싶었거든.
내 가슴이 다 두근거렸다.

엄청나게 큰, 구워진 고기가 들어왔다.
나는 코를 가까이 들이대서 냄새를 크게 들이마셨다.
근디…… 노랑내가, 노랑내가…….
호주에 있는 노랑내가 다 내 코로 쑤시고 들어오는 것 같았다.
아니 그 노랑내는 뭔 노랑내야? 오메 오메 사람 죽이는 냄새다.
옆에 있던 한국인 직원이 물었다.

"음식이 입에 안 맞으세요?"
"아니 이 냄새가 뭔 냄새여요?"
"무슨 냄새요?"
"노랑내 나는디요?"

유라는 또 옆에서 한마디 보탠다.

"할머니, 노랑내가 뭐야?"
"노랑내가 노랑내지 뭐여?"

유라

할머니, 누린내 말하는 거지? 그 유명한 스테이크를 누린내가 난다
며 남기고 우리는 한식당을 찾았다. 그곳 직원에게 '노랑내' 하소연
을 하는 할머니…….
할머니 표정과 그 '노랑내'라는 단어가 어찌나 웃기던지.

할머니는 용인에서 오랫동안 식당을 하셨다. 열 평도 안 되는 식당
에서 3천 원짜리 된장찌개를 팔아서 삼남매를 키우셨다. 내가 초등
학교 때부터 할머니와 같이 살게 되었는데 사실 그전엔 할머니와
그리 친하지 않았다. 자주 보지 못했고, 찾아가도 할머니는 식당에
서 일하느라 인사할 정신이 없으셨으니까.
"손녀딸 잘 키우셔서 좋겠어요."
가끔 이런 소릴 들으면 할머니는 "얘는 지가 알아서 컸어요"라고 하
신다. 손녀에게 남들처럼 엄청난 사랑을 준 기억이 없어 미안하다
고, 먹고살기 바빠서 다른 사람들처럼 "내 새끼, 내 강아지" 한 적이
없는데 얘는 이렇게 커서 선물을 줬다고.

어쩌면 그래서일 수도.

그래서 더 친구 같고 허물없는 관계가 된 것일 수도.
나는 가끔 용돈이 필요하면 할머니 식당에서 아르바이트를 했고 할머니는 나를 손녀가 아니라 진짜 알바생처럼 대했다.

"똑바로 해!"

할머니의 이런 성격 덕에 우린 왠지 더 친해졌고, 특별한 관계가 되었다.

유라

케언스에는 세계 최대의 산호초 지역이 있다.
그레이트 배리어 리프. 이곳은 스쿠버다이빙이나 스노클링으로 인기가 높다.

우리는 간단히 스노클링을 하기로 했다. 사실 할머니 연세에는 이런 액티비티가 힘들 수도 있는데, 할머니가 워낙 씩씩하게 잘 노시니…….
그런데 사건이 터졌다.

바다 한가운데에 나를 내려놨다.
끝도 없고 하늘만 보이고 바다만 있더라.
진짜 이런 풍경은 태어나서 처음 봤시야.

나는 바다를 봤어도 산에 걸친 완도 바다를 봤었지! 이런 바다는 처음이니까.
근디 뭔 오리발같이 생긴 것을 주고 잠수복을 입히더라고. 유라 가시내는 나보고 해녀 같다고 전복을 따다 달라고 했다. 전복이고 나발이고 나는 수영을 못항께 약간 무서운 기분이 들었다.
거기서 교육을 하는디 무슨 일이 생기믄 손을 위로 흔들라고, 그 말만 하더라고. 딴 말은 다 귀에 안 담았는디 내가 죽기 싫어서 그랬는가 그 말만 기억했다.

얼굴에 호스 달린 물안경을 끼고 사람들이 다 바다로 내려갔다. 나도 겁 없이, 내 간이 컸는가, 진짜 겁 없이 한번 들어가봤다.
사다리를 하나씩 내려가고 있는디 내 뒤에 어떤 남자가 갑자기 나를 톡! 건드려서 내가 퐁! 하고 바다에 빠져버린 거야!

나는 그대로 떠내려갔다.

아무것도 안 했는디 배에서 점점 멀어져가고 있었다.

물은 계속 코로 들어오고 입으로 들어오고.

"유라야! 유라야!"

외칠 때마다 물은 더 들어오고 힘은 더 빠지고 외국인들은 역시나 나를 쳐다보지 않았다.

오메 오메, 사람 살려!

몸에 힘이 거의 다 빠져나가고 있었다.

유라 이 가시내는 어디 있는 건지!

헬리콥터도 분명 위에서 뱅뱅 돌고 있었는디 내가 바다에 빠져 있을 때는 어디로 가부리고 없었다.

유라는 나를 찾고 있을랑가?

다 잠수복을 입고 똑같은 물안경을 쓰고 있으니 나를 발견하기는 힘들 것이다.

진짜 호주 와서 호강하려다가 여서 죽는구나…….

근디 무의식중에도 내 손을 하늘로 뻗어 열심히 흔들고 있었다(안전교육이 그래서 필요한 거여).

물을 하도 먹어서 숨이 막히던 찰나에 웬 한국 남자들이 나를 에워

싸더니 질질 끌고 갔다.

"할머니!! 몸에 힘 빼고 누우세요!"

그때는 뭐라고 하는지 제대로 안 들렸다.
우선 살려고 몸부림을 쳤응께. 그 남자들이 나를 끌고 가기 더 힘들
었을 것이다. 결론적으로 그 남자들 덕분에 용케 살았다.

물 위로 나오자마자 '오메 나 살았다'라는 생각과 동시에 심장이 발
랑발랑했다. 바로 의자에 누웠다. 머리도 너무 아프고 무서워서 몸
이 발발 떨렸다. 나는 그때 하도 충격을 받아서 내 머리가 어떻게 될
줄 알았는데 다행히 물을 토해내고 나니 멀쩡하더라.
나와서 봉께 나를 구해준 그 사람들은 여행사 직원들이더라고.
나 진짜 그 삼촌들 못 잊는다.
진짜 고맙습니다. 고맙습니다.

물에 들어가기 전······ 어째 예감이 안 좋았다니까.

유라

헬멧다이빙은 말 그대로 커다란 헬멧을 쓰고 물속에 들어가 바닷속을 보는 것인데, 숨을 마음껏 쉴 수 있어 물을 무서워하는 사람도 할 수 있다. 1,300여 종의 희귀 해양 생물을 바로 눈앞에서 볼 수 있다!

할머니한테 꼭 보여드리고 싶었다. 이게 오늘의 하이라이트인데 못 보고 가면 너무 아쉬우니까. 아, 근데 우리 할머니는 스노클링 때문에 이미 바닷물에 정이 뚝 떨어진 상태였다.

"예약까지 했는데, 안 할 거야? 진짜 안 할 거야?"

재차 물었지만 안 한다고 하니 어쩔 수 없었다. 즐겁자고 하는 일을 강요해서도 무리해서도 안 되니, 그냥 하지 말자고 했다. 말은 그래도 아마 내 얼굴엔 실망한 기색이 역력했을 거다.

할머니가 잠시 고민을 하더니…… 비장하게 일어섰다.

쫌 있다 보니 유라 이 가시내가 이번에는 헬멧을 쓰고 들어가자고
하더라.

"할머니 이거 헬멧 다이빙은 안전하다니까?"
"안 들어가! 염병할 가시내야, 나 죽겄어. 안 들어가!"
"이거 벌써 다 결제해둔 거란 말야. 진짜 재밌대!!!"
"결제고 나발이고 나 안 들어가."

우리 대화를 들은 가이드가 거들더라.
"어머니, 여기는 안 무서우니까 제 손 잡고 들어가시면 돼요."
"어머니, 들어가서 꽃발만 살짝 들고 저 따라오면 엄청난 물고기 보
실 수 있어요."

자꾸 나를…… 꼬시더라고.
결심했다.
"에라, 모르겠다. 나 죽으면 내 보험금 니가 타먹어라!"

오메, 안 들어갔으면 진짜 후회할 뻔했시야?

그 가이드 아저씨 말이 맞았시야?

세상천지 그렇게 큰 물고기 처음 봤다!

진짜 숨 쉬기도 편하고, 사진 찍기도 편하고, 내 안방같이 바닷속을
걸어다녔다.

세상에, 세상에! 이런 세상이 있구나.

이런 바다가 있고, 이런 물고기가 있고…….

나는 진짜 바보였구나.

밥 주니까 물고기가 싹 모이더만. 너무 멋있어.
안 들어갔으면 후회할 뻔했시야.

유라

배 위로 올라와 헬멧을 벗은 할머니는 별을 처음 본 어린아이처럼 눈을 반짝이고 있었다. 별천지가 따로 없다고, 정말 재미있었다고 좋아하는 할머니 모습을 보니 나도 행복했다.
오랜 시간 가족으로 함께 지낸 사이인데 할머니의 그런 표정은 정말 처음 봤다.

내가 할머니처럼 70세 노인이었다면
다시 저 두려운 바닷속으로 걸어 들어갈 수 있었을까?
아니, 나는 죽음이 두려워 가만히 앉아 있었을 거다.

그러니까 박막례의 인생 역전은 내가 옆에서 등 떠민 게 아니라,
이날 다시 바다로 직접 그 두 발로 걸어 들어간
할머니의 용기에서 시작된 기적이었을 것이다.

2

유라,
회사
들어가는 거야?

#유튜버박막례의탄생 #치과들렀다시장갈때메이크업
#계모임메이크업 #편들이생겼다

유라

호주를 여행하는 동안 영상을 많이 찍었다. 재밌게 편집을 해서 일단 내 페이스북에 올렸다. 그리고 가족들에게 공유를 했는데 정작 영상의 주인공인 할머니만 보지 못했다. 페이스북은 가입을 해야 볼 수 있는 게 아닌가.

가입 같은 거 안 하고 할머니가 어떻게 하면 볼 수 있을까 고민하다가 링크 하나로 볼 수 있는 유튜브를 알게 됐다(이때까지만 해도 난 유튜브를 전혀 몰랐다). 일단 유튜브에 영상을 올리고 우리 가족 단톡방에 링크를 보냈다.

가족들 반응은 폭발적이었다!

우리끼리 너무 재미있다고 깔깔거리며 봤다. 할머니가 워낙 유머가 있으시니까. 나는 마침 여행 간다고 회사도 때려치웠겠다. 집에서 하루 종일 그 영상만 돌려봤다. 아니, 내가 만들었는데 왜 이렇게 웃기냐……

정말 혼자 보기 아깝다는 생각이 들었다. 고민하다가 여행 커뮤니티 '여행에 미치다'에 영상을 올렸고 역시 반응이 좋았다. 조회수가 100만이 넘어가고 그해 여행 동영상 순위에서 상위권에 랭크됐다.

······그걸로 끝이었다. 여행과 동영상, 미친 듯한 조회수와 '좋아요', 폭풍 같은 시간이 끝나고 우리는 일상으로 돌아왔다.

할머니는 식당에 일하러 가시고 나는 백수가 됐다. 아침에 일어나면 부모님의 따가운 시선이 느껴지기 시작했다. 고작 일주일 쉬었는데, 내가 주변 사람들을 불안하게 만드는 것 같았다.

다시 구직을 하자.

그런데 가만 생각해보니 우습더라고.

할머니 치매를 예방하겠다고 회사를 관뒀는데 여행 한 번 갔다 오고 다시 일하러 간다?

퇴사는 나에게 너무나도 큰 결정이었다. 그걸 고작 여행 한 번과 맞바꾼다면 너무 큰 손해잖아.

'이왕 그만둔 김에 할머니랑 재미있는 시간을 좀 더 보내야겠다.'

카약을 타는 지인에게 부탁해서 할머니와 한강에 가서 배를 타기도 하고, 쌀국수며 파스타를 먹으러 가기도 했다. 할머니는 모두 처음 먹어본다고 했다. 그런 음식은 드라마에서나 먹는 건 줄 알았다며.

아, 그렇구나. 나는 질리도록 먹어본 건데.

그럼 이제라도 더 많은 걸 해볼까, 할머니?

신나게 할머니와 이것저것 해보았고 그걸 다 영상으로 남겼다. 촬영한 영상들은 역시 할머니가 편하게 볼 수 있는 유튜브에 올려 우리 가족과 공유했다.

나는 한번 할 때 제대로 해야 하는 성격이라 썸네일을 만들고 결을 맞춰 차곡차곡 쌓아놓았다. 어디서 들은 건 있어서 구독을 눌러달라고 영상 말미에 자막을 넣었다.

우리 친척들과 내 친구들이 구독을 누르는 거지, 뭐.

구독자 열여덟 명이 모였고 나는 쾌감을 느꼈다. 사실 그때까지 나는 유튜브를 보지도 않았고, 당연히 유튜브가 비즈니스가 될 거라고는 상상조차 하지 못했다. 그저 팔로(follow)한 우리 가족과 친구들만 보는 줄 알았고, 유튜브가 세계 어디서나 누구나 볼 수 있는 오픈된 플랫폼인지도 몰랐다(지금은 말도 안 되는 얘기 같지만 그땐 그랬다). 올린 영상의 조회수도 30~40회 정도였다.

유튜브에서 이것저것 누르다 보니 인기 동영상 순위가 대부분 메이크업이라는 것을 알게 됐다. 우리 할머니도 워낙 화장을 오래 하셨고 잘하시고, 집에 메이크업 박스가 잔뜩 쌓여 있을 정도인데……한번 찍어볼까?

아! 일단 상상만으로도 기가 막히게 센세이셔널하고 귀여운 그림이다!

첫 시작부터 이왕 할 거 썸네일 디자인의 일관성에 신경을 썼다.

하루는 할머니가 치과에 간다고 해서 일상 그대로 치과 갈 때 하는 메이크업을 찍어 올렸다.

아니, 그런데 이게 무슨 일?

하루아침에 조회수가 100만을 찍더니(100배가 오른 것이다) 페이스북 메시지이며, 메일함이며, 그야말로 난리가 났다.

전화통에 불이 났다는 말이 무슨 말인지 실감했다. 기자들은 물론이고 수많은 MCN(멀티 채널 네트워크) 회사에서 연락이 왔다. 우리나라에 MCN 회사가 이렇게 많았단 말이냐! 심지어 외국 회사에서도 연락이 오더니 영국 BBC 뉴스, 미국 AP 통신에서도 인터뷰 제안이 들어왔다.

그제야 나는 정신을 차리고 유튜브를 다시 들여다봤다.

우리 할머니,

유튜브 시장에서 정말 특별한 캐릭터구나!

 **막례쓰**

유라는 호주에서 X나게 무거운 카메라를 들고 다님서 동영상을 찍더라.
근디 얼마 지나 휴대폰으로 뭔 동영상이 하나 들어왔시야?
눌러보니까 나네?
아니 분명히 큰 카메라로 사진을 찍었는디 어쭈케 내 휴대폰으로
이 동영상이 들어와 있는 거여?

도대체 내가 아는 세상은 뭔 세상이여?
어떻게 돌아가고 있는 거여?
근디 동영상을 틀어보니 꼭 TV 보는 것처럼 재미있더라고.
내가 저런 말을 했었나? 오메 오메, 하하하.

유라가 똑똑한 줄은 알았지만 이렇게 재주 있는 줄은 몰랐네.
잠잘 때 틀어놓으면 내 목소리가 너무 커서 잠을 못 자니까,
진짜 심심할 때마다 봤었제.

얼마 있다가 유라가 호들갑을 떨었다.

"할머니 대박! 대박이야!"
"뭐? 누구 대가리가 터졌다고?"
"아니, 대박이라고!"

그러니까 이 영상을 인터넷에다 올렸는디 왜 그것이 대박인 거여?
우리 가족만 본다고 보는 거 아니여?
누가 봤는디 대박이야?

유라는 나한테 유튜버가 되자고 제안을 했다.
"유튜버가 뭐야?"
"지금처럼 놀면서 여행 다니면 되는 거야."
"돈은 누가 주고?"
"몰라…… 유튜브에서 준대……."

지도 잘 모르면서 뭘 하려는 거여, 지금?

유라

할머니의 영상 앨범이라고 생각한 유튜브 채널이 입소문이 나기 시작하더니 열여덟 명이었던 구독자가 이틀 만에 18만 명이 됐다. 그땐 기쁘기에 앞서 무서웠다. 이게 어떻게 된 일일까.

유튜브란 게 대체 뭐지? 평소에 알고 지내던 유튜버 '헤이지니' 언니에게 전화를 해서 물어봤다. 언니는 유튜브 시장에 대한 이야기를 해줬다. 그리고 나에게 유튜브를 해보라며 격려해줬다.
"유라야, 넌 너무 잘할 것 같아. 할 수 있을 거야."

어쩌면 하늘이 준 내 인생, 할머니 인생 일대의 기회일지도.
할머니에 대한 내 마음을 하늘이 알아준 거야!

……사실 고민할 필요도 없던 게, 나는 백수였다. 할머니와 상의를 했다. 세상에, 할머니, 알고 보니 이런 게 다 있네. 이게 직업이 될 수 있다네?

"그래, 유라야, 너 직업이 있어야제. 언제까지 백수할 거여."

내가 영상을 찍어 올린다면 당연히 주인공은 할머니가 될 테니 할머니에게 상의를 한 건데, 할머니는 남의 일처럼 이야기했다.

이 채널이 자기 것이라는 생각을 못한 것이다.

"아니, 할머니. 할머니랑 나랑 유튜버가 되는 거야."

"그게 뭔디?"

"이렇게 영상에 얼굴이 나오는 거야."

"지금처럼 너랑 나랑 놀면 되는 거야?"

"어! 근데 돈이 생기는 거야."

"돈을 누가 줘?"

"몰라. 누가 돈을 준대."

우리 둘 다 잘은 모르겠지만 뭔가 신나기 시작했다. 우리에게 계약을 제안한 회사 중에는 CJ도 있었다.

"할머니 씨제이 알지? 거기서 계약하자는데."

"씨제이? 몰라."

"음…… 아! 제일제당 알아? 설탕 파는 데. 밀가루 파는 큰 회사가 씨제이야."

"그거는 알아."

그제야 할머니가 고개를 끄덕였다. 사실 나는 할머니의 동의를 얻은 후에도 무척 고민을 했다. 대기업이라면 왠지 우리 할머니를 상업적으로 이용할 것만 같았기 때문에. 우리 둘이 그냥 소소하게 하는 게 낫지 싶어서.

그래도 연락을 줬던 담당자분에게 역으로 우리의 조건을 제안해보기로 했다. 큰 기업인 만큼 할머니에게 여러 경험을 제안해줄 수 있을 것 같았다.

일단 나는 원칙을 세워 이야기했다. 업로드 일정을 정해놓지 않을 것이고, 할머니 컨디션에 맞춰 할머니가 놀고 싶을 때 찍을 것이라고 했다. 또 광고 제안의 경우, 할머니의 경험에 가치를 두는 채널이기 때문에 할머니의 컨디션에 따라 조율이 가능하게 한다. 그리고 콘텐츠에 대한 어떠한 제한도 없었으면 좋겠으며 강요도 없어야 한다.

한마디로 '아무 터치도 하지 말라'가 계약 조건이었다. 회사로서는 난처할 수 있는 요구사항인데 그걸 다 수용할 만큼 아주 매력적인 채널이라 판단했는지 합의가 되었다(나중에 알고 보니 우리 채널만 봐준 것이 아니라, 크리에이터를 존중하는 회사여서 가능한 부분이었다).

우리도 이 험난한 유튜브 세상에서 어떤 일이 생길지 모르기에 좀 더 전문적인 사람들의 울타리가 있다면, 그리고 그 안에서 지금처럼 자유롭기만 하다면 더할 나위 없다고 생각해 CJ와 계약했다.

할머니가 유튜버 데뷔를 단번에 결심할 수 있었던 이유 중 하나는 아마도 나에게 직업을 줄 수 있어서였을 것이다. 하지만 나도 그랬다. 할머니 나이가 일흔한 살, 곧 은퇴를 준비해야 하는 나이인데 새로운 직업인 크리에이터, 유튜버란 이름으로 새 삶을 살 수 있다면 할머니에게 주고 싶었던, 박막례라는 사람으로 살아가는 '삶의 의미'를 선물할 수 있지 않을까.

물론 할머니 생각만 한 건 아니다. 나에게도 너무 재미있는 일이었다. 방송연예과에서 연기를 공부했던 나는 일찍이 연예인이 될 깜냥이 아니라는 것을 스스로 빠르게 인정하고 친구들 옆에서 카메라를 들었다. 학교 다닐 때부터 독학으로 영상 공모전에 나가기도 하고 친구들이랑 단편영화를 만들기도 했다. 뭔가 재미있는 걸 만들어서 사람들과 공유하는 게 좋았다.

막상 회사와 계약이라는 걸 하고 나니 부담이 되는 것도 사실이었다. 할머니도 본인은 살 만큼 살아서 상관없지만 혹시 나한테 폐를 끼칠까 봐 걱정이라고 했다. 그런 소리를 할 때마다 나는 웃으며 말했다.

"아니! 할머니 덕분에 나 유튜버로 재취업된 거야! 땡큐!"

그리고 유튜브에 들어가 내 채널 정보를 다시 확인했다.

이 채널의 존재 이유는 오직 박막례의 행복입니다.

71세 박막례 할머니,
이제부터 유튜버로 다시 태어납니다!

· 메이킹 스토리 ·

「박막례 데일리 메이크업」

Makeup tutorial
박막례 데일리 메이크업 치과 들렀다 시장갈 때 ver.

#볼터치는너무빨갛다할때더발라야돼
#초록색립스틱은바르면빨개져
#이쑤시개라이터는픽서
#어린이나초보자는따라하지마세요
#얼굴적어질라믄다시태어나야해

지금 보는 사람들은 이게 많이 빨갛죠?

이럴때 한번 더 해야 돼

너무 스트레스 받지 말고 화장하세요 그냥잉

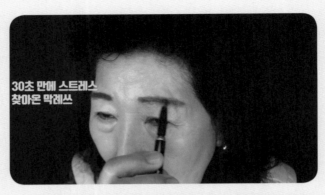

30초 만에 스트레스 찾아온 막레쓰

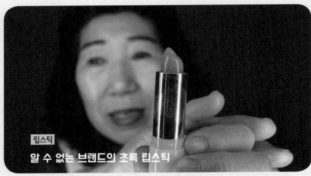

립스틱
알 수 없는 브랜드의 초록 립스틱

아이래쉬 픽서
이쑤시개 & 라이터

적어 질라면 다시 태어나야 돼

"오늘은 병원에 강께 더 이상 화려하믄
저 노인네 이빨 아프다 하더니 뭣 해가꼬 왔디야 그럴감써
얌전하게 했어."

• Commentary •

유라가 화장을 해보자고 했다.

그냥 평소에 하는 대로 했다.

병원에 갈 때는 너무 찐하게 하면 안 아프다고 생각할까 봐

약간만 밑화장을 하고 가고,

계모임 갈 때는 좀 찐하게 하고.

그때그때 나만의 화장법이 있다.

장소마다 화장법이 다르다.

평소대로 치과 갈 때 하는 화장을 해봤는디 그게 또 대박이 났

다네? 저놈의 대박은 뭣이기에 또 대박이 난 거야?

치과 가서 입만 쩍쩍 벌리고 왔더니 그사이 대박이 났다네.

그러고는 계속 "대박, 대박" 거리더라고.

"이번엔 무슨 대박인디?"

"할머니, 광고 들어왔다고!"

• Commentary •

그러니까 할머니의 광고,
꽃길은 이 영상에서부터 시작이었다.

3
뭔 도토리를 따러
일본까지
간대?

#할머니의소원 #해가바다속으로퐁당퐁당
#이대로는안되겠다다시찍어보자
#청춘이용기라면할머니는청춘이다

유라

CJ와 계약을 하고 두 달 후인 2017년 6월, 일본관광청 광고를 찍으러 일본 돗토리현에 갔다. 계약 조건에 광고는 한 달에 두 개 이상 받지 않겠다고 했다. 다만 예외가 있었다.

여행 가는 광고는 무조건 받는다.

할머니는 여행을 너무 좋아하는 사람인데 돈이 없고 시간이 없어서 평생 여행을 잘 못 다녔다. 설사 상업적이라고 비난받더라도 여행 광고는 다 받겠다고 미리 오픈을 해두었다.
뭐니 뭐니 해도 내가 제일 힘든 게 해외 촬영이다.
하지만 할머니는 아무리 일정이 빡빡해도 신나 하신다.

"나 언제든지 갈 수 있어. 매일 갈 수 있어."

할머니가 그렇게 좋아하시니 해외 콘텐츠는 아무리 많아도 일단 '고(go)' 하는 거다.

가기로 결정함과 동시에, 내 고민은 시작됐다.

여행 가는 거야 좋지만 우리는 이제 유튜버가 아닌가. 처음으로 일본에 가서 여행 광고를 찍어야 하는데, 이걸 잘 찍어야 앞으로도 여행 광고가 들어오고 할머니가 계속 여행을 갈 수 있을 텐데.

원래 유튜브를 보던 사람이 아닌 내가 어쩌다 유튜버가 되었으니, 관심을 갖고 다른 콘텐츠를 보려고 해도 손이 잘 가지 않았다. 메이크업에도 크게 관심이 없고 '먹방'을 왜 보는지도 잘 이해하지 못했다. 구독자들은 왜 이런 걸 좋아하는지, 유튜버들은 어떤 사람들인지 도무지 알 수가 없었다.

여행 콘텐츠도 마찬가지였다. 나는 못 가고 남이 가는 걸 보는 게 뭐가 재미있는 거지? 특히나 요즘 일본 안 가본 사람 별로 없을 텐데, 누가 궁금해할까? 넘쳐나는 일본 여행 콘텐츠 사이에서 우리는 어떻게 더 '신박'하게 찍을 수 있을까?

갑자기 엄청난 부담감이 몰려왔다. 게다가 일본관광청에서 제안한 일정은 너무나 빡빡했다. 이 코스를 다 가면 정보만 나열하게 될 텐데 재미있을까?

그래도 일단 가야지, 어떡해.

"도토리? 뭔 도토리를 따러 일본까지 간대?"
"아니, 할머니 도오옷토리!(절레절레)"
할머니는 외국 지명을 한 번에 제대로 읽은 적이 없으시다.

돗토리현에 도착해서 바로 영상을 찍기 시작했다. '게게게의 요괴 낙원'이라는 데를 가야 한다고? 요괴라니, 할머니는 쪼끔 무섭다며 내 뒤를 따라왔다. 그런데 이게 뭐야, 그냥 민속촌 느낌 나는 테마파크였다.
요괴 캐릭터 앞에서 사진 찍고, 요괴 빵 먹고, 요괴 주스 마시고.

하…… 너무 재미가 없다.

처음 가본 일본의 인상은 정말 정말 조용했다. 우리 할머니는 방방 뛰는 캐릭터인데 일본에서는 발소리도 조심해야 하는 분위기. 특히 돗토리는 소도시라 그런지 가는 관광지마다 사람도 없고 고요하기만 했다.
할머니는 내가 연출을 하고 연기를 막 시켜서 찍을 수 있는 사람도 아니다. 억지로 "여기 정말 좋다"라고 말해봤자 진실은 다 보일 테니 그냥 묵묵히 할머니를 찍기만 했다.

유카타 숍에 가서 할머니는 유카타를 한 벌 사 입었다. 그러고는 가

'게게게의 요괴낙원'에서 요괴들과.

야 할 관광지를 도장 깨기 하듯 돌아다녔다. '간논인(観音院) 정원'을 유유자적 바라보다 차도 마셨다. 할머니는 다행히 즐거워했다.

"나는 도토리 주우러 온 줄 알았더니 이름이 돗토리구먼!"

할머니는 마침내 우리가 어디에 왔는지 깨달았다.

참, 평화롭기는 한데…….

할머니가 즐거우면 된 거야.

온천에 가서 가이세키 요리(일본의 연회용 코스요리)를 먹을 때 할머니는 두 번째 깨달음을 얻었다.

가이세키에서 밥은 제일 늦게 나온다는 것.
일본은 요리를 천천히 조금씩 내어주는구나.

뜨듯한 온천물에 들어가서 피로도 풀었다. 모든 게 평화로웠지만 내 머릿속은 전쟁통이었다. 찍은 영상을 보고 있는데 재미가 없다……. 자려고 누웠는데 잠이 오지 않았다.
큰일 났다!

친구들에게 전화를 해서 하소연을 했다. 이 영상 어떻게 해? 너무 재미없어서 충격받았어! 내가 찍은 영상 중에 최악이야. 이거 물어 줘야 하는 거 아냐? 할머니의 그 재밌는 모습이 안 나와! 어떻게 해?

곯아떨어진 할머니 옆에서 나는 머리를 싸맸다.
억지로 밝은 분위기를 내려고 해봤자 안 되니까 차분하게, 차분하게…… 차분하게?
차분함…… 일본…… 그래! 이게 일본의 모습이구나.
아예 차분한 일본 영화처럼 찍자!
밤을 꼴딱 새서 시퀀스를 다시 짰다. 완전 영화 시나리오를 쓰고 난리도 아니었다.

그대로 날이 밝았다. 두 눈이 시뻘게진 채로 나는 전장에라도 가는 것처럼 비장하게 카메라와 삼각대를 챙겼다. 아마 그때 내 얼굴을 봤더라면 종군기자라도 울고 가지 않았을까.

"할머니 일어나! 모래밭에 가서 요가 하셔야죠!"

새벽부터 우리는 돗토리 사구에 요가를 하러 갔다. 일본의 감성을 잘 표현해주는 장면이 될 거라고 생각했다. 다행히 할머니도 한 번도 안 해봤으니 해보고 싶다고 했다.
모래 위에서 바다를 보며 비틀비틀, 풀썩.
몸은 생각처럼 안 따라주지만 원래 이 시간에 아침밥 차리고 있었을 할머니는 자신을 위한 시간을 보내고 있었다.

아침을 먹고 할머니는 창밖으로 해변을 한참이나 쳐다봤다. 해변에서 조깅하는 사람들을 보며 "저 사람들 무릎이 부럽다"고 했다.
"나도 옛날에는 저렇게 했는데 몇 년 전부터 내 다리가 게다리가 되었구나. 에이씨! 저런 것 보면 또 성질 나. 옛날 생각 나."

빼앗아간 사람은 없는데 할머니 청춘은 다 어디로 가버린 걸까.

할머니는 난생처음
자신을 위한 오전 시간을 보냈다.

하지만 청춘이 용기라면, 할머니는 아직도 청춘이다. 모래 언덕에서 할머니는 용감하게 모래 보드를 탔다.

일상을 벗어나면 매 순간이 도전이 된다. 첫 시도에 잘되지 않을지라도 할머니는 물 한 모금 들이켜고 벌떡 일어나 다시 도전한다. 멋지게 보드를 타고 모래 언덕을 가른다.

"별거 아니구먼. 나 처음에 겁먹었는데 별거 아니구먼."

으하하.

용기로 청춘을 되찾은 할머니.

막례쓰, 성공했다!

막례쓰

일본 모래밭을 걸어가고 있는데 갑자기 옛날 생각이 났다.
언젠가 길 가던 할아버지가 나를 보더니 이러더라.

"모래밭을 걸어봤소?"
"아뇨. 왜 그러세요?"
"당신 지금 심정이 모래밭에서 걷는 심정이오."

할아버지는 그 말만 하고 걸어가더라.
나는 그 말이 뭔 말인지 몰랐다.
근디 일본에 와서 처음 모래밭을 걸어보니 그게 무슨 말인지 알겠
더라.

아무리 걸어도 제자리인 기분.

그때 그 할아버지가 한 말이 딱 떠오르더라.
그때 나는 세상 처량하고 팍팍한 세상을 살고 있었는데
그 할아버지는 그걸 어떻게 알았을까?

그래…… 박막례, 진짜 무서운 모래밭을 걸었지.

지금 여행하러 온 이 모래밭에서 그때를 추억하게 되네.

인생 참 알다가도 모르겠구먼.

유라

"오메 좋은 거. 오메 좋은 거."
온천에 들어가니 노래가 절로 나온다.
목욕재계를 끝내고 할머니는 위풍당당해져서 상점가를 활보했다.
간식을 사 먹어도 "젊은 애들이 많이 먹는 거!"를 외친다. 일본말 하
나도 못하지만 손짓 발짓으로 젊은 사람들과 대화도 나눈다. 젊음
이 소통이라면 우리 할머닌 갓 태어난 수준.

모래박물관에 가니 소원을 들어준다는 종이 있었다. 할머니는 종을
치더니 잠시 눈을 감고 소원을 빌었다. 할머니가 무슨 소원을 빌었
는지는 모른다. 할머니는 쉽게 자리를 뜨지 못하고 종을 올려다보
며 재차 부탁했다.
"내 소원 들어줄 거여? 나 믿고 갈게? 들어주기를 바라. 들어주기를
진짜 바랍니다."
대체 무슨 소원이기에 저렇게 애절한 걸까.

벌써 오후가 저물어가고 있었다. 테라스에 서서 해가 바닷속으로
풍당 빠지는 걸 지켜봤다. 지는 해에게 손을 흔들면서 할머니는 지

나간 청춘을 떠올렸을까? 숙소로 돌아가는 길에 할머니 뒷모습이
쓸쓸해 보이는 건 내 기분 탓?

"가만히 댕기면서 보니까 니하고 나하고만 짝이 없시야."
할머니는 나 때문에 남자가 안 걸린다(?)고 하더니 내 탓까지 한다.
"이 염병할 가스네 데리고 다니니까 못 쓰것구먼."
또 저녁을 먹을 때는 "다 커플인데 유라만 혼자라서 마음이 아프다"
라고 하셨다.
할머니, 그만해. 팩트폭력을 멈춰줘!
열받는다는 핑계로 우리는 맥주를 들이켰다.
하지만 할머니에겐 할아부지가 있었잖아. 앗, 실수. 할머니 앞에서
할아부지 얘기를 꺼내면 역정을 내신다.

"느그 할아부지가 내 인생을 송두리째 조져놨어. 지금이라도 뉘우
쳐갖고 죽어서라도 나를 좀 도와주지 않고는……."
할머니는 계속 할아부지 없는 청춘을 그렸다. 할머니가 지금 처녀
라면 남자친구와 여기저기 여행 다니고 싶단다. 많이 데리고 다니
고 술도 먹여보고 그런 뒤에 결혼을 해도 해야 한다며.

나도 그렇게 생각해. 하지만 지금은 할머니랑 다 해보고 싶어.
할머니 인생이 완전히 저물기 전에.

살인적인 스케줄로 2박 3일을 보내고 나는 정말 뻗어버렸다. 한국에 돌아와서 편집을 하고 일본어로 내레이션을 해줄 사람을 구해서 녹음했다. 일본관광청에서는 좀 당황했던 것 같다. 보통 여행 영상은 밝고 재미있는데 우리는 너무 다큐영화처럼 만들었으니 불안하기도 했을 거다. 다행히 반응은 아주 좋았다. 우리 영상 덕분에 돗토리현 방문자가 늘었다며 기사도 나오고, 일본관광청에서도 대만족이라고 했다.

나 역시 처음으로 유튜버로서의 만족감을 느꼈다. 하지만 다시 이렇게 찍으라면 못 할 것 같다. 할머니가 편하게 노시는 동안 나는 '성공해야 한다, 그래야 할머니 또 여행 갈 수 있다'는 일념으로 정말 열심히 찍었다. 진짜 영화 찍는 것처럼 위에서 찍었다가 바닥에 누워서 찍었다가, 뛰어가면서 찍고 트레일러 타서 찍고……

후에 그때의 내 모습을 보면 '아, 청춘이다!'라고 생각하지 않을까.
모래알처럼 많은 나날 중에 기억에 남을 2박 3일을 남기며, 그렇게 우리의 두 번째 여행도 끝이 났다.

·메이킹 스토리·

「아리가또만 말하는
일본여행 in 돗토리현」

오메 좋은거

우리 할머니는 매일 아침 새벽 4시에 일어나 식당을 해왔다

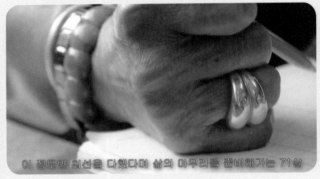

이 정도면 최선을 다했다며 삶의 마무리를 준비해가는 71살

우리 할머니는 매일 아침 새벽 4시에 일어나 식당을 해왔다.

이 정도면 최선을 다했다며 삶의 마무리를 준비해가는 일흔한 살.

당신은 당신의 일흔한 살을 상상해본 적 있나요?

아마…… 상상하기 싫으시겠죠?

하지만 우리는 나이 드는 것을 두려워할 필요가 없습니다.

부침개처럼 확 뒤집어질 수도 있거든요.

막례씨는.. 어디가또 밖에 모른다구요..

청춘을 찾으러 왔어요

일본인 : 이 역은 토마리 역이에요.

막례 씨는…… '아리가또'밖에 모른다고요…….

일본인 : (토마리 역에 대해 설명하시는 중)

박막례 : 뭐 찾으러 왔냐고요? 청춘을 찾으러 왔어요.

출발!

왜 안 내려가?

박막례 : 출발! (낑낑) 왜 안 내려가? 내가 무거웁나? (유라에게) 니가 밀어봐봐.

하지만 생각보다 잘되지 않는다.

박막례 : (물 한 모금 마시고) 너 나와봐봐. 나 한 번 더 타고 올게.

두 번째 도전! 결국엔 성공! 막례쓰 대단해!

박막례 : 야호~~~~~~ 박막례 성공했다! 모래사…… 모래사…… 여기가 모래사막이냐?

오랜만에 느끼는 두근거림. 뿌듯함.

박막례 : 아무것도 아니구먼. 같이 타면 좋았을 것을. 엄청 재밌다!

• Commentary •

일본에서 기모논가 바고논가 입어봤다.
그리고 비싼 초밥도 먹어보고 택시도 원 없이 타고……

그때 내가 느꼈네.
오메, 유튜브 하기를 잘했다.

유라는 카메라에, 삼각대에, 호주 때보다 장비가 늘었다.
내가 들어보니 똥 빠지게 무겁더라.
그래도 유라가 열심히 찍으니까 자꾸 여행 광고가 들어오는 것
같아서 더 열심히 하라고 했다.

유라는 장비 저러고 무거운 거 들고 하는디
난 입으로만 하는디
내가 못 헐 게 뭐가 있나.

참, 이거 말도 안 되게 행복한 직업이구나.

4
나
국제결혼
할 거야

#오메오메환장하겄네 #나만보면귀엽대 #매일파티하는세상
#유라야너혼자집에가 #크루즈여행

나는 배 타는 여행은 제주도 갈 때 한 번 해봤다.

그때도 배가 커서 다들 일어나서 놀 줄 알았는디 멀미난다고 가만
히 앉아 있으라 하더라. 가만히 앉아 있응게 더 멀미나더고만!

그래서 유라가 가자는 크루즈 여행도 그럴 줄 알았는데 세상에……
내가 알던 배가 아니었다.

뭔 놈의 아파트가 옆으로 누워 있더라고?

일주일 동안 배 타고 돌아다니는 여행이라기에, 아니 어쭈케 내내
앉아서 가나 걱정이 태산이었거든.

아, 그게 아니더라고!

일주일 있어도 그 배 다 못 돌았다. 어찌나 크던지.

배에 타는데 무슨 비행기 타는 것처럼 여권이랑 짐 검사를 하고 올
라탔다. 배 안에 호텔이 있다. 누가 상상이나 했을랑가?

제주도 가던 배에서는 그냥 의자에 앉아서 졸다가 갔는디 세상에
이런 배가 있다니. 내가 묵는 방은 조금 좋은 방이었다. 방 안에 화
장실도 있고, 텔레비전도 있고, 화장대도 있고, 냉장고도 있고, 베란

다도 있어서 문을 열면 눈앞에 바다가 펼쳐져 있었다.

내가 배를 타고 가고 있는 건지 멈춰 있는 건지 느낄 수가 없다.

배가 하도 커서 움직이는 느낌이 안 든다니까!

친구들은 말해도 안 믿더라고.

맨 위 옥상에 올라가면 수영장도 있고, 다들 파티를 하고 있다.

지하에 내려가면 더 큰 수영장이 있고 헬스장도 있고 레스토랑, 카지노, 댄스파티……. 완전히 다른 세상이었다. 여기 배에 탄 사람들은 이런 여행을 자주 하는지 익숙해 보였는데 나는 영판 어색했다. 그래서 첫날은 입만 벌리고 있었는데 다음 날부터는 미치게 놀았다. 외국인들과 신나게 춤도 추고 노래도 부르고! 유튜브 하니까 이런 것도 다 해보네!

인자 유튜브 열심히 해야겠다!

내가 여기서 완전 결심을 한 거야.

중간에 일본에 들르더라고. 내가 계모임으로 다녀왔던 후쿠오카.

근디 계모임으로 갔을 땐 진짜 그지 같았다. 연기만 펄펄 나고야.

우리는 돈 조금 내고 간다고 안 좋은 디만 보여줬던 거여!

크루즈 타고 가니까 다른 세상이더라. 깨끗하고 친절하고 건물도 멋있고. 입찌란 라멘인가 지찌란 라멘인가도 먹었다(이치란 라멘이 맞습니다).

처음 먹어본 일본 라멘이었다.

계모임에서 갔을 땐 먹어보지도 못했다. 뭔 이상한 푸실푸실한 밥만 먹었다고!

그래서 또 결심을 한 거야. 유튜브 영원히 하겠다고!

바다 한가운데서 동동 떠서 노는 기분은 진짜 째진다!

내가 외국인들이랑 같이 춤추고 놀고 있다니.

"네? 크루즈 여행이요?"

해양수산부에서 제안이 들어왔다. 그거 막 꿈과 환상의 여행 아니었나요.

우리가 가게 된 여행은 이탈리아 코스타 사의 크루즈를 타고 일주일간 여행하는 거다. 코스타 사는 세계 3대 크루즈 선사 중 하나라고 한다.

우리가 탄 배의 정확한 명칭은 코스타 네오로만티카 크루즈.

부산에서 출발해 후쿠오카, 마이즈루, 가나자와, 블라디보스토크, 속초를 거쳐 다시 부산으로 돌아온다. 중간 중간 경유지에 도착하면 크루즈에서 내려 자유롭게 관광도 할 수 있다. 관광 신청을 한 뒤 가이드를 따라 여행할 수도 있고 신청하지 않고 자유여행을 해도 된다. 우리는 후쿠오카, 마이즈루, 가나자와에서는 자유여행을 하고 블라디보스토크에서는 가이드를 신청했다.

크루즈 여행은 마냥 비쌀 거라고만 생각했는데 생각보다 합리적이었다. 가까운 동남아 가서 숙소 잡고 삼시 세끼 챙겨 먹는 돈이랑 비

숫했다. 다만 크루즈는 이동하지 않고 매일 멋진 풍경을 보면서 좋은 곳에서 잠자고 식사 다 주고, 결정적으로 매일 파티가 열린다! 몸이 편안하면서 아름다운 뷰를 볼 수 있으니 어르신들에게는 더없이 좋은 여행이다.

할머니도 배를 보자마자 흥분의 도가니에 빠졌다. '오메, 오메'를 백만 번은 들은 것 같다. 우리는 신이 나서 크루즈 안을 다 훑고 다녔다. 정말 작은 마을 하나라고 해도 될 정도로 없는 게 없었다. 스파와 마사지, 레스토랑, 피트니스센터는 물론이고 신앙 생활을 할 수 있는 장소까지 갖춰져 있었다.

"이거 배 맞냐? 도대체 배가 몇 평이나 되면 별거 별거 다 있냐, 이렇게?"

할머니는 정말 좋아하셨다. 알고 보니 뱃사람 체질인가 싶을 정도로 거대한 크루즈 안을 휘젓고 다니셨다. 내가 한눈만 팔면 어느새 새 친구를 사귀고 있을 정도로. 그게 다 남자라는 건 안 비밀!

매일 맨 위층에서는 파티가 열렸고 할머니는 멋진 서양 할아부지들과 춤을 추느라 관절이 아픈지도 몰랐다.
할머니가 말하길, 할아부지들은 다 홀애비 냄새 나는 사람들인 줄 알았다고 한다. 그런데 배에서 만난 할아부지들한테서는 향수 냄새가 났다고. 그 충격은 영원히 잊을 수 없다고 했다.
사실 할머니가 남자의 향기에 처음 눈뜬 건 호주에 갔을 때였다. 어떤 할아부지와 사진을 찍었는데 향수 냄새가 확 나더라는 거다.
'저 사람은 나이 든 사람인데도 저렇게 좋은 향기가 나는구나!'
그 후로 한동안 그 생각이 나고 그 향이 너무나 오래갔다고 한다.

호주에서만 해도 할머니는 외국인들 대하는 걸 조금 어색해했다. 그러다 일본도 갔다 오고, 외국인 승무원들도 보고 하면서 많이 바뀌었다.
선원 한 명을 제외하면 배에 한국인은 우리밖에 없었다. 파티장에는 만국기가 펄럭였고 전 세계 사람들이 다 모여 있었으니 여기야말로 '위 아 더 월드', 세계평화가 이루어지는 곳 아니겠는가. 환경이 그렇다 보니 할머니도 외국인과 소통하는 데 자신감이 붙은 것 같았다.

그 후는? 할머니는 '핵인싸'의 길만 걸었다.

할머니에게 향수의 추억을 남긴 그때 그 남자.

막례쓰

유튜브 하면 여행도 고급으로 해주는구나!
유튜브 관광하고 계모임 관광하고 완전히 다르고만…….

배에서 주방 구경도 시켜줬는데 거기 국자는 내 주방 국자의 열 배
만 했다. 한 번 사는 요리사 인생이라면 여기서 요리하는 것도 멋있
을 것 같았다.
거기 주방장이 모자도 선물해줬다. 사인을 해서. 난 그런 주방장 모
자를 써본 적이 없어서 진짜 고마웠다. 우리는 위생모자만 써봤지,
그런 멋있는 요리사 모자는 안 써봤웅께.

근디 외국 사람들은 왜 이렇게 친절할까?
호주 때는 외국인들 눈 보는 게 약간 무서웠는데 크루즈에선 외국
인들하고 매일 눈 마주치고 웃고 떠들고…… 하나도 무섭지
않았다.
일주일 동안 지내면서 내가 완전 딴사람이 되었다. 거기서부터 내
인생이 솔솔 바뀌고 있다는 게 실감됐다.

유라가 쇼핑백으로 만들어줬던 요리사 모자.

크루즈 요리사한테 선물 받은 진짜 요리사 모자.

밤에는 유라가 촬영을 핑계로 웬 멋있는 정장 입은 직원을 데려왔더라.

배 옥상에서 춤을 추라고.

난 춤춘다고 해서 지루박 하나 땡길 줄 알았더니 나를 붙잡고 슬슬 왔다 갔다 하더라.

이게 외국 춤인가? 크루즈 춤인가?

내 스타일 춤은 아니었다.

그래도 잘생긴 외국 남자랑 손을 잡아본 게 어디야?

유튜브 하기를 잘했다.

직원 할아부지와 달밤에 춤을.

할머니는 진짜 여행자로 타고난 팔자였다는 걸 크루즈 여행에서 느꼈다.

한번은 위급 환자가 발생했다. 배 안에 있는 의사가 진료를 했지만 그것으로 해결되지 않았나 보다. 파티장에 음악이 갑자기 끊기더니 안내 멘트가 나왔다. 응급환자가 있어서 가까운 나라의 선착장에 배를 세워야 한다고 했다. 그런데 갑자기 정적이 돌더니 배가 흔들리기 시작했다(원래 크루즈는 미동도 없이 가기 때문에 멀미도 없고 가고 있다는 사실조차 못 느낀다). 영화 「타이타닉」처럼 방이 흔들리고 잔이 떨어질 정도였다. 너무 무서웠다. 파티장에서 샴페인을 터뜨리던 사람들은 다 객실로 피신했고 토하는 사람도 있었다. 나도 멀미가 나고 어지러웠다. 그런데 할머니는 태연히 "난 여기서 있을 테니 너 혼자 내려가"라고 하는 게 아닌가. 나는 너무 놀랐다.

"할머니 멀미 안 해?"
"나는 차를 타도 멀미를 안 하고 비행기를 타도 멀미를 안 하고, 이런 배 아무렇지도 않아. 나는 여행할 사람이었어야. 이 파도도 즐길

란다."

우리 할머니, 정말 대단한 사람이야. 할머니가 이렇게 긍정적인 분이라는 걸 전에는 미처 몰랐다. 성격이 화통하다고만 생각했다(다행히 그날의 응급환자는 치료가 잘 되어서 별 탈 없었다고 한다).

어릴 적에, 할머니가 식당에서 손님과 멱살 잡고 싸우는 걸 본 적 있다. 어떤 회사에 밥을 대췄는데 대금을 못 받은 것이다. 할머니 혼자 덩치 큰 아저씨 멱살을 잡고 싸우는 걸 보고 '우리 할머니가 보통 사람이 아니구나, 진짜 억세고 무섭구나'라고 생각했다.
할머니도 원래 내성적인 사람이었다. 할머니 말로는 할아부지를 만나서 인생이 바뀌었단다. 할아부지가 하도 '나쁜 놈'이어서 집을 나갔고 할머니 혼자 삼남매를 키워야 했다. 어릴 때부터 엿장사, 떡장사, 안 해본 게 없었다. 그러면서 성격도 바뀌었다. 그렇게 변하지 않으면 '이 나라에서 나 혼자 자식새끼 셋을 키울 수가 없겠다'고 생각했다고.

여행이 거듭될수록 할머니는 잊고 살던 자기 자신을 찾아가고 있는지도 모른다. 세상에 대한 호기심과 긍정으로 가득 찼던, 지금의 나보다 어렸던 그 시절의 자신을.

일주일 동안 매일 파티를 하는 세상에서 꿈을 꾸다 온 것 같았다. 특히 할머니에겐 더 그랬을 것이다.

"난 내릴 생각 없시야. 유라 너 혼자 가그라, 집에."

안 돼, 가야 해.
우릴 기다리고 있는 곳이 더 많으니까.

5
일흔한 살에
처음 하는
일들

#여행이라면유럽여행 #파리지앵박막례
#스위스김치찜대박사건 #하늘을날았다
#욕심내지말자 #영광의상처 #할머니가안심시킴

막레쓰

빠리, 빠리, 말은 들어봤어도…….
난 빠리가 프랑스에 있는 도시라는 것은 몰랐다. 유라한테 우리 프
랑스는 언제 가는 거냐고 했더니 할머니, 지금 여기가 프랑스라고
했다. 유라가 빠리 간다 그랬다가, 프랑스 간다 그랬다가 하기에 두
나라를 가는 줄 알았다.
아무리 손녀지마는 창피했다.

에팔템인가 니펠탑인가가 보이는 호텔을 잡았단다.
딱 봐도 좋아 보이는 호텔. 내가 누리는 호강이 아직은 낯설다.
에텔타워인가? 처음에는 남산타워 아닌가 했는데 보면 볼수록 무
진장 예쁘더라고. 나는 한 시간에 한 번씩 물었다.
"유라야, 저 높은 것은 뭐야?"
"에펠탑."

절대 절대 잊지 말아야지.
혹시나 치매 걸려 다 까먹어도 에펠탑은 안 까먹어야지, 다짐했다.

유라

여행은 역시 유럽인데, 기다리던 유럽 여행의 기회가 왔다.
호텔 예약 사이트에서 파리와 스위스 여행을 지원해주기로 한 것이
다. 그때만 해도 할머니가 식당을 운영하고 있어서 아쉽지만 열흘
로 일정을 잡았다. 왕복 비즈니스 항공권에 1박에 60만 원이나 하
는 비싼 호텔을 예약했다. 이런 기회가 아니었다면 나와 할머니는
아무리 벌어도 그동안 살아온 씀씀이가 있어서 그렇게 비싼 여행을
하기는 어려웠을 것이다.

"할머니, 우리 호텔 60만 원인데 괜찮을까?"

할머니는 선뜻 받아들이진 못했다. 잠만 자면 됐지, 뭐하러 호텔에
60만 원이나 쓰냐고 생각하는 분이니까.
하지만 그 돈이 공짜로 주는 돈은 아니라고 생각했기에 받아들일
수 있었다. 할머니를 위해서 쓰는 거니까, 우리 할머니 호강 한번 시
원하게 시켜드려야지. 그리고 재미있는 영상을 만들자.

할머니한테는 구체적으로 말씀드리지 않고 나는 지원받은 돈을 알

차게 쓰기로 했다. 기차도 다 일등석으로 하고, 지하철을 타거나 걸어 다니지 않고 무조건 택시를 탔다. 조식도 신청해서 할머니가 분위기를 느끼고 과일이라도 드실 수 있도록 했다.

할머니 연세에 정말 편하게 유럽을 볼 수 있도록 해드리고 싶었다.

파리에서 에펠탑이 보이는 숙소에 묵다니. 할머니 기억에도 제일 좋았다고.

비행기를 탔는데 무슨 방이 있어?

뭔 말이여 이것이?

버튼을 누르니까 의자가 막 뒤로 넘어가더라!

호주 갈 때는 일반석 타고 갔는데 유튜버가 되고 나니 비즈니스석에 이렇게 누워서 가는구나. 또 유튜브 하길 잘했다고 백번 천번 생각을 했지.

이러코롬 누워서 하늘을 날아간다니.

이렇게만 간다면 어디라도 갈 수 있을 것 같다!

승무원들이 계속 뭘 가져다주고 음식도 얼마나 고급스러운지!

아깝고 신기해서 잠도 못 자겠더라고.

아, 진짜로 유튜브 하길 잘했다. 내가 또 느꼈다.

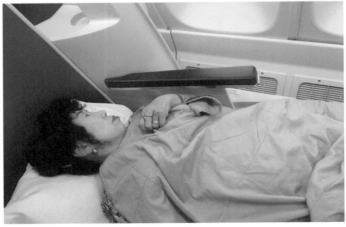

"비행기에 무슨 방이 있디야?" 하더니 아랫목처럼 누우신 할머니.

비행기 내릴 때는 조종사랑 사진을 찍었다.
새삼 내가 유튜브를 안 했으면 이런 사람들을 볼 수나 있었을까 싶어서
또 울컥울컥하더라고.

나도 비즈니스석은 처음이라 공항에서 한껏 들떠 있었다. 그런데 할머니가 비즈니스석을 타봤단다.

"옛날에 타봤는디."
"언제 타봤어?"
"저기 계모임에서 일본 갔었잖아. 탄광 같은 데. 그때."

예산이 얼마 없어서 탄광 같은 데를 보고 왔다고 했는데 어떻게 비즈니스석을 타고 갔을까? 영 믿기지가 않아서 할머니에게 계속 물었다. 할머니 말씀이, 비행기를 딱 탔더니 승무원이 지금 자리가 잘못됐다고 할머니에게 앞으로 오라고 했다는 거다.
오버부킹이 되면 비즈니스석으로 올려주는 거, 그거?
그 어렵다는 오버부킹에 할머니가 딱 당첨된 거네?

"할머니는 오버부킹인지 몰랐어?"
"난 몰라. 뭔가 자리가 잘못됐다고 하더라. 나랑 내 친구 옥희랑 그 앞자리 연결돼서."

그렇게 두 할머니만 앞으로 갔더니 다리를 뻗을 수 있는 자리를 줬다는 거다. 친구들도 막 부러워하고 그랬다고.

근데 가만히 들어보니…… 비상구석인데?

할머니는 비상구석에 앉아 승무원이랑 마주 보며 간 걸 일대일로 돌봐준다고 좋아하신 거였다. 내가 비즈니스석 아닌 것 같다고 해도 할머니는 계속 맞다고 했다.

"할머니, 있어봐. 내가 보여줄게."

비행기 2층의 비즈니스석으로 갔다. 그때 할머니 표정을 영상으로 찍었어야 했는데. 비행기 안에서 찍을 때는 항공사랑 협의해야 한다고 해서 찍지 못한 게 한이다.

할머니는 눈이 휘둥그레지고 충격을 받아서 말을 잇지 못했다. 비행기에 2층이 있다는 걸, 이런 공간이 다 있다는 걸 나도 몰랐지만 그야말로 '비즈니스석 쇼크'를 받은 할머니 모습에 웃음이 터졌다.

#처음

프랑스는 건물도 어마어마하더라고. 내가 처음 본 유럽이 프랑스라
서 그런지 건물이 유독 기억에 남아야. 유라는 할머니 건물 보러 왔
냐고 하더라고.

이 가시내야, 나는 이런 건물 처음 봤단 말이여! 프랑스는 돌아다니
는 새도 신기하고, 과일도 신기하단 말여!

빠리는 거지가 많더라고. 좀도둑도 많고. 담요를 펴고 신문지를 펴
놓고 자는 사람들을 보고 깜짝 놀란 거야. 나는 유럽이라는 외국은
거지가 없을 줄 알았다. 서양은 다 잘사는 나라라고 생각한 거야. 근
디 여기도 한국처럼 부자도 있고 거지도 있고 다양한 사람들이 사
는 나라구나……

#납작복숭아

뭔 복숭아가 짜부된 것처럼 생겼더라고?

이게 뭔 맛일까나? 하고 한 입 먹었더니 눈알이 튀어나올 정도로 맛
있었다. 즙이 콸콸콸 쏟아져 나오는 거야. 너무 너무 맛있어!

나 그 맛을 잊지 못해.

지금도 여행 갈 때마다 납작복숭아 찾아다니는디 그게 없으면 엄청 섭섭하다. 내 딸 수영이가 복숭아를 참 좋아하는디 우리 딸 가져다 주고 싶은데 비행기에 못 가지고 탄다네. 한 개만 몰래 가져가게 해 주면 안 돼요?

정말로 혼자 먹기 미안한 맛이여.

#바게트

빠게트라고 뭔 빗자루 몽댕이 같은 게 있더라.

아주 크고 징그럽고 딱딱하고 양념 같은 것도 없고 내 스타일이 아니었어.

유라가 씻는 사이에 궁금해가꼬 살짝 물어봤지.

근디 이빨이 빠져버린 것이야, 아오!

유라가 나와서 할머니 안 먹는다더니 어떻게 된 거냐고 깔깔 웃더라고.

그 이빨을 휴지에 돌돌 싸가꼬 한국에 가져갔다. 쌩니는 아니고 그 뭣이냐 신경치료하고 씌워둔 거였다. 빠진 이를 그대로 휴지에 싸가지고 한국에 돌아와서 치과에 갔다. 이 좀 다시 붙여달라고. 치과 의사 선생님이 도대체 요즘 뭐 하고 다니셨냐 하더라고. 대답했제.

"빵 먹고 다녔어요."

문제의 바게트 빵. 사진만 찍을걸. 괜히 먹었다.

유라가 핫도그를 사왔다. 소시지가 얼마나 크든지 말 X만 하더라.
인스타에 올렸더니 편들이 웃기다고 난리가 났다. 근디 진짜였다. 징그러.

#친구

유라가 웬 할아버지를 한 사람 섭외해왔다.

나보고 친구를 소개시켜준다고 하더라. 그 사람 얼굴 보지도 않고, 나이도 안 묻고 호기심으로 콜! 해부린 거야.

아니 근디 진짜 나도 나이 많은디…… 그 할아버지는 이빨마저 다 빠진 진짜 할아버지더라고. 가까이 볼 때마다 돌아가신 우리 아부지 생각이 났다.

우리 아부지도 이빨이 없었는디…….

아무튼 이 친구는 양장점을 운영하는데 수선도 하고 커피도 마시고 바쁘게 사는 사람 같더라고. 어찌나 친절하던지 내 볼에 뽀뽀를 계속 하는 거여. 그 나라 인사인가? 수염 때문에 까끌거리고양 내가 또 부끄러워서 오줌이 나올라고 했다.

아직도 궁금한 게 돈도 많은 영감인데 왜 이빨을 안 해쓰까나?

그 나라도 돈 벌면 자식들 뒷바라지하느라 자기 몸 상하는 건 신경을 못 쓰나?

으이구, 친구!

자식은 됐고 언능 이빨 먼저 혀!

#패셔니스타

이때부터 내가 아껴뒀던 드레스들을 하나씩 가져갔다. 옛날에 사놓고 못 입었던 옷들…… 입을 일 없던 옷들…….

174

내 소원은 드레스 질질 끌고 커피 한잔 호로록 마시면서 우아하게 사는 거였는데 일만, 일만 겁나게 하고 그 꿈은 어디로 사라진 지 오래였다.

이렇게 한 번씩 여행을 다니면서 한 벌 두 벌 꺼내 입고 있다. 아직도 못 입은 옷들이 많다.

옷들아, 옷들아, 이제 내가 옷장에서 꺼내줄게잉?

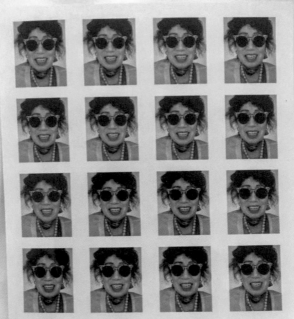

non conformes
pour un document officiel

Photomaton®
Groupe Photralio

Merci d'avoir utilisé notre cabine
5.00 € dont TVA 19.6% - 0.82 €
Cabine N°: HD67

20/07/2017 11h15
Service consommateurs: 01 49 46 17 95

파리에 가기 전에 심리적으로 엄청난 중압감에 시달렸다. 매번 여행 콘텐츠를 만들 때마다 느끼는 감정이다.

이번에 잘해야 다음에 또 할머니에게 여행 제안이 올 테니까. 심지어 쉽게 갈 수 없는 유럽 여행이니까 더 심했다.

파리 콘텐츠로 내가 구상한 건 이런 거였다.

파리에 있는 할아버지가 할머니에게 메일을 보낸다.

'나 당신 뉴스에서 봤어요. 언젠가 파리에 온다면 꼭 한번 만나고 싶네요!'

할머니가 그 엽서 한 장을 들고 할아버지를 찾으러 간다.

페이스북을 통해 파리에서 포토그래퍼로 활동하는 분께 연락을 드려 도움을 요청했다. 그 덕에 파리 현지에서 양복점을 운영하는, 영화에 나올 법한 아주 멋있는 노신사 한 분을 섭외했다. 그러니까 내 머릿속에는 엄청나게 로맨틱하면서 가슴 절절한 파리 여행기가 돌아가고 있었다.

할머니에게는 자세한 콘티 같은 건 설명하지 않았다. 여행을 즐기는 데 방해가 될 것 같아서. 그래서 거의 즉흥적으로 현장에서 콘티를 만들어가며 열심히 찍었다.

보통 촬영하면서 미리 머릿속에서 가편집을 하며 찍게 되는데, 다른 때와 달리 이건 영 그림이 안 나오는 거다.

파리의 멋드러진 배경과 스타일리시한 두 노인.

백발의 프랑스 할아버지와 씩씩한 한국 할머니.

그림체만으로는 완벽했는데 뭐가 문제일까?

한국에 돌아오자마자 영상들을 시간별, 장소별로 정리해서 가편집을 해봤다(평소엔 찍자마자 정리를 하지 않는다).

재미없는 이유를 알아냈다.

너무 완벽하게 구상했더니 우리 할머니의 모습이 안 보인다!

우리 영상의 매력은 솔직 담백 엉뚱하고 어디로 튈지 모르는 그냥 인간 박막례인데 내 시나리오 속에는 그 모습이 지워져 있었다. 대본대로 찍고 대본대로 편집을 해야 한다는 것만으로 이미 나에게는 재미없기도 했다. 게다가 할머니에게 연기를 시킬 순 없으니……. 정말 멋드러진 영화 같은 장면이 나올 리도 만무했다.

부담감으로 너무 무리했나.

내가 박찬욱 감독도 아니고 그저 할머니를 따라다니는 친한 카메라

맨일 뿐인데 나 혼자만의 욕심으로 너무 일을 벌인 게 아닌가.
파리까지 왔으니까 우리 구독자, 팬분들께도 대단한 영상을 보여주
고 싶었는데, 모두 내 욕심이었다.

유튜버 2년 차가 되니까 확실하게 알겠다.
구독자들이, 할머니의 팬들이 진짜 원하는 모습은 때깔 좋게 화려
한 영상이 아니라 그저 새로운 세상에서 신나게 노는 박막례 할머
니의 모습, 오직 그뿐이라는 걸.

> ↳ 파리 촬영 영상은 찍어둔 게 아까워서 심심할 때 가끔씩 틀어봤거든요. 아 근
> 데 틀 때마다 3초 이상 못 보겠는 거죠. 저 당시에 열심히 해보겠다는 내 욕심
> 아닌 욕심이 모니터 뚫고 튀어나오는 것 같아서……
> 낯 뜨거워 그냥 Shift + Delete, 삭제했다는 슬픈 이야기입니다.

미국 패션지 『보그』에서 파리의 할머니 사진을 실으며 할머니 패션을 극찬하기
도 했다. 가방은 용인 이마트 백.

#기차

내가 외국 기차를 타다니, 또 얼마나 신났겠어.

일등석이라고 사과도 주더라고?

그걸 타고 스위스로 넘어갔다.

젊은 친구들처럼 나도 배낭여행이라는 걸 하고 있는 것 같아서 갑자기 힘이 불끈불끈 나더라고. 젊은이마냥.

#스위스

스위스라는 나라를 몰랐다. 기차 타고 나라를 넘어갈 수 있다는 것도 몰랐다. 프랑스에서 기차 타고 넘어갈 수 있는 동네라기에 풍경이 비슷하겠구나, 했던 거지.

근디 창문 밖 그림이 점점 바뀌기 시작하더니 완전히 딴 세상이 되어버렸다. 환상적인 초록색 산과 새파란 하늘이 창문을 완전 가득 채워버렸다. 이야…… 내가 유튜브를 안 했으면 이런 산을 어떻게 봤을까?

자꾸 유튜브 얘기해서 미안한디, 이렇게 꿈같은 일이 생길 때마다

나는 저 생각이 먼저 나불어. 종교인들이 감사한 일 생기면 신을 먼저 찾는 것처럼 나도 유튜브 신께 감사 인사를 올리는 것이제.

내가 죽어서나 볼 수 있을 거라 생각했던 천국, 그런 천국이 실제로 있다면 이런 모습일까?

나는 살아서 천국 갔다 왔다. 그게 스위스다.

죽어서는 천국으로 갈지 불로 갈지 어케 알겠냐만…… 몰라 이게 천국이다!

스위스 내리자마자 사진을 백 방 천 방 찍었다. 한 걸음 걷고 열 방, 두 걸음 걷고 열 방……!

그렇게 만끽하고 있는데 갑자기 유라 샌들 밑바닥이 쫙 떨어졌다. 지는 멋낸다고 멋있는 거 신고 왔나 본디 빠리에서부터 그걸 신고 다녔으니 신발이 못 버티고 덜렁덜렁거리면서 쫙 떨어진 것이다.

유라는 양쪽 신발에서 한쪽 굽이 떨어지니까 갑자기 쩔뚝거리면서 주저앉아버렸다.

"이 가시나는 지 키가 작다고 그 굽으로 지 키를 채우려고 해."

아주 웃겨가지고 길바닥에서 염병한다고 욕을 하면서 웃었다.

korea_grandma ···

korea_grandma 챙피해서유라하고같이못다녀스이스와서굽노
픈거신고꼴갑불이고뛰대고염병하다니신발발빠닥이딱떠러졌어야
내가드라마해서만봐지실지로이런욱긴일을볼줄누가알았나걸어나
가다가신발바닥이딱떠러줄줄누가아랐어야내가하도어훠기없어서
우서더니할머너니가웃순다고승질네고염병하고있드라너무웃기지
안냐ㅋㅋㅋㅋ

"창피해서 유라하고 같이 못 다녀. 스위스 와서 굽 높은 거 신고
꼴값한다고 뛰어대고 염병하다 신발 발바닥이 딱 떨어졌어야.
내가 드라마에서만 봤지 실제로 이런 웃긴 일을 볼 줄 누가 알았나.
걸어 나가다가 신발 바닥이 딱 떨어질 줄 누가 알았어야.
내가 하도 아이가 없어서 웃었더니 할머니가 웃는다고 성질 내고
염병하고 있더라. 너무 웃기지 않냐. ㅋㅋㅋㅋ"

유라

#김치찜

파리를 떠나 스위스 인터라켄으로 넘어가는 날.

몰래 먹은 바게트로 이 하나가 빠진 박막례 씨는 이런 본인을 예상이라도 한 듯 프랑스 한인마트에서 사온 강냉이를 신나게 씹고 있었다.

그러다 문득 할머니가 말했다.

"내 강냉이가 빠졌는데 이거 먹고 가고 있네?"

어휴, 고통도 웃음으로 승화하는 지독한 할머니의 개그 센스.

스위스 인터라켄에 도착했다. 스위스에 온 후에는 나도 카메라를 내려놓고 할머니와 같이 즐겨야겠다고 생각했다. 유럽은 워낙 스케일이 크고 풍광이 아름다운데 내 카메라로 그 모든 걸 담기에는 무리였다. 파리에서 느낀 게 있었는지 스위스에서는 좀 더 힘을 빼게 되더라.

비가 추적추적 내리는 날, 스위스 음식이 느끼해서 먹을 수가 없다는 할머니는 김치찜을 만들기 시작했다. 나는 그 모습을 찍으려고

챙겨온 고프로(액션카메라)를 주방에 붙이고 삼각대로 메인 카메라
를 세웠다.

"김치찜 할라믄 삼겹살을 준비해야 돼요."

할머니는 왜 요리할 때만 서울말이 나오는지 모를 일.
전라도 영광이 고향인 할머니는 서울에 올라온 지 진짜 오래되셨는
데도 사투리를 못 고친다. 주변 친구들은 다 고쳤는데 혼자만 꿋꿋
이 사투리를 쓰는 게 '용인 몇 대 불가사의'라나 뭐라나.
묵은지는 프랑스 한인마트에서 사왔고, 돼지고기는 스위스 마트에
서 준비했다. 매년 김치 천 포기를 담그고 40년째 매일 채소를 손질
하는 할머니는 봉지만 뜯어 넣으면 되는 게 마냥 편하고 좋을 따름
이다. 돈만 있으면 다 살 수 있는 세상에서 돈으로 산 '소확행' 김치
찜은 나쁘진 않지만 기가 막히게 맛있지도 않은 딱 그 정도였다.
역시 돈으로 살 수 없는 뭔가가 세상엔 있다.

할머니는 빨리 한국 주말연속극 좀 다운받아서 틀어보라고 성화셨
다. 비 오는 날은 방구석에 콕 박혀서 맛있는 거 먹으면서 드라마나
보는 게 최고지. 그런데 나는 할머니 찍는 카메라에만 정신이 팔려
있었다.

비가 많이 와서 호텔에만 있었던 날에
할머니와 김치찜 먹으며 드라마 본 영상이
조회수 100만이 넘을 줄이야.

"염병하고, 뭐만 할라믄 염병할 거 가꼬 염병을 떨면서 염병하고 있네."

할머니의 염병 4단 콤보에 두들겨 맞고 정신이 혼미해진 나.

얼른 드라마를 틀었다. 할머니는 드라마를 초집중해서 보면서도 찰진 평론을 멈추지 않는다.

"드라마에서는 쫌만 승질나면 밥 비벼 먹더라?"

"밥이 들어가?"

"저렇게 우는데 어째 눈물은 안 나? 눈이 바짝 말랐네."

드라마 속에서 남자주인공이 여자주인공에게 말한다.

"보고 싶었어."

여주인공보다 빠른 할머니의 대꾸.

"저녁에 들어옴 볼 것을 뭣이 보고 싶다고 염병하고 있어."

⋯⋯달달한 장면이 나와도 세상 제일 냉정한 TV 평론가다.

그렇게 스위스로 온 첫날은 비가 왔고, 우리는 숙소에서 드라마만 봤다.

다음 날 아침, 우리는 다시 그린델발트로 가야 했다.

할머니랑 플랫폼에서 기차를 기다리는데⋯⋯ 뭐지, 할머니의 이 사회적 미소는?

"야, 외국 사람들은 눈만 마주치면 웃어. 나도 자연적으로 웃어지

할머니… ??

야 외국 사람들은 눈만 마주치면 웃어

네?"

서양 사람들은 눈만 마주치면 인사하고 미소를 짓는다. 처음 호주에 갔을 때 할머니에게는 꽤나 충격적인 일이었다. 본인이 노인인데도 살갑게 대해주는 게 좋았던 모양이다.

눈만 마주치면 피하던 할머니였는데, 자기도 배웠다며 외국인만 보면 자연스럽게 미소 짓게 된다나?

근데 할머니…… 별로 자연스럽지 않았다.

기차를 타서는 아름다운 창밖 풍경을 한없이 바라보는 할머니.
호텔에 도착하니 테라스에서도 산과 도시가 한눈에 내려다보였다.
어딜 찍어도 엽서가 된다는 스위스 풍경……보다 할머니를 찍느라 바쁜 나.

"이런 세상 못 보고 죽은 사람은 얼마나 억울할까나. 이런 게 있다는 것도 모르니까 괜찮을라나? 에구, 모르겠다. 나나 많이 볼란다."

그러게, 죽은 사람 걱정까지 할 시간이 없다고!
곤돌라를 타고 그린델발트 피르스트에 올랐다. 빨간 우비를 입은 할머니는 춥다면서도 하이디처럼 산을 누비고 다녔다.

그때까지만 해도 좋았는데 사고 발생.

피르스트에 올라 마운틴카트를 탄 게 화근이었다.

나는 가끔 할머니 연세를 잊는다. 할머니가 새로운 걸 도전하기를
즐기니까 카트도 탈 수 있을 거라고 생각했다. 할머니가 할까 말까
계속 고민했는데도 호주에서 헬멧다이빙을 재미있어 한 것처럼 막
상 해보면 좋아할 줄 알았는데…….
할머니는 카트를 타자마자 몇 초 만에 앞으로 꼬꾸라졌다. 카트가
뒤집어져서 무릎이 까지고 왼쪽 손등에 피가 철철……. 유튜브 영
상에서는 팬분들이 걱정을 많이 할까 봐 자세히 설명하지 않았지만
얼굴도 까지고 어금니까지 살짝 부러졌다.

내가 무슨 짓을 한 거야.
눈물이 펑펑 나는데 정작 할머니는 응급센터에서 치료를 받는 동안
덤덤했다. 눈물을 닦으며 반성하는 날 보고 할머니는 오히려 나를
위로했다.

"야, 다친 것도 추억이여. 이런 건 영광의 상처다. 내가 도전하려고
했다가 생긴 상처라 괜찮아. 금방 나을 거야."

할머니는 절대 후회하지 않는다고 했다. 직접 타봤으니까 계모임
친구들에게 이게 왜 X 같은지, 왜 타지 말아야 하는지 설명해줄 수

있으니 말이다.
해봤으니 그걸로 만족이라고 했다.

"만약 안 탔다면 나는 밑에서 저 카트가 무서운지도 모르고 부러워만 했을 거 아녀. 저거 X 같은지도 모르고!"
그러고는 탈탈 털고 일어나 할머니는 먼저 길을 나섰다.

박막례 대단해!
나는 박막례의 손녀이자 그녀의 팬이다.
그녀가 사랑받는 이유는 단순히 유튜브를 시작한 70대라서가 아니라, 이렇게 당차고 씩씩하게 자신만의 '마이 웨이'를 가는 매력 때문 아닐까.

티가 안 날 정도이긴 하지만 너무 미안해서 한국에 돌아오자마자 할머니의 어금니를 새로 해드렸다.
그때 크게 느낀 건 할머니가 조금이라도 고민하거나 불편해하는 게 있으면 추진하지 말자는 것!
할머니의 감은 대부분이 맞다.

이때만 해도 좋았는데…… 상처를 남긴 마운틴카트.

막례쓰

케이블카를 타고 올라가다가 중간에 내렸다. 유라가 나를 데려간 곳은 산 중턱에 있는 카센터 같은 곳이었다.

안개가 자욱해서 앞은 하나도 보이지 않았지만 느낌이 좋지 않은 것은 분명했다. 고물 자전거 같은 놈들이 주르륵 서 있고 그 옆에는 공사장 모자를 쓴 외국인 남자가 흰 종이를 주면서 사인을 하라고 했다.

진짜 느낌이 찝찝하더라고.

유라는 어느새 그 남자 옆에 가서 사인을 하고 있었다.

"야 유라야, 그거 뭣이여?"

"이거? 다쳐도 책임 안 진다는 확인서 같은 거."

어째 불안한 예감은 틀리지가 않더라.

헬멧을 쓰고 '카트'라 부르는 자전거에 올라탔다. 난 자전거도 못 타고 바퀴 달린 거라고는 리어카 말고는 운전해본 게 없단 말이여!

유라 가시내가 하도 재밌다, 재밌다 그러니까 눈 딱 감고 올라탔다.

앞엔 안개가 자욱해서 보이지도 않고 내 발은 무거워서 떨어지지도 않았다.

그렇지만 뒤에 사람들이 기다리니까 발은 떼긴 떼야겠고…….

그래! 용기 내서 떼보자!

……오메!!!!!!

카트 앞바꾸가 돌맹이에 걸려서 쓰러졌고 나도 순간 안 죽을라 했
능가 본능적으로 핸들을 오른쪽으로 꺾어 카트랑 같이 쓰러졌다.
왼쪽으로 꺾었으면 경사가 심한 산이라 굴러 떨어져 죽었을 수도
있는데……. 호주에 이어 또 살았어! 살 운명인가 보다.

정신을 차리고 보니 무릎에는 피가 나고 있었고 얼마 전 새로 씌운
어금니는 살짝 뿌러져 있었다.

유라는 얼마나 놀랬는가 지 혼자 울고 난리가 난 거야.

할머니 미안하다면서 눈 화장은 다 번져가꼬.

응급치료 하는 곳으로 가서 밴드를 붙이고 케이블카를 타고 다시
내려왔다.

오지게 아프더라. 유라가 한국 가자마자 이빨 다시 다 해주겠다고
나를 심적으로 달래주더라고.

우리는 기차를 타고 인터라켄 역으로 다시 돌아갔다.

돌아가는 내내 유라 얼굴이 울상이라서 괜히 내가 미안하더라고?

야, 괜찮다. 이거 도전하다 생긴 상처라 금방 아물 것이다, 하고 되

레 그 가시내 위로를 해줬당께?

근디 유라가 내 눈치를 슬슬 보면서 말을 꺼낸다.

"할머니…… 이따 우리 패러글라이딩 예약해놨는데……."

아, 이 염병할 가시내가 이번엔 또 하늘을 날자 하네?

"할머니…… 안 할 거지? 취소할까?"

아 근디 간댕이가 부었나 봐.

그건 또 꼭 하고 싶더라고. 언제 하늘을 날아보겠어?

카트인지 깍드인지 그 X 같은 거 때문에 내가 하늘을 날 수 있는 기
회를 접는다는 건 말이 안 되제!

"아니! 나 하늘 날아볼란다!"

유라

패러글라이딩 이야기를 꺼내자 할머니는 제일 먼저 물었다.

"나이 많은데 태워줘?"

아니, 무섭냐 안 무섭냐가 아니라 나이 얘기 먼저 꺼내는 할머니를 보며 진정 씁쓸한 웃음이 터졌네. 그놈의 나이 때문에 할머니는 자기 검열 같은 게 생겼나 보다.

"걱정 마. 나이 많아도 태워줘."

내게도 저런 날이 오겠지.
내 나이가 미워지는 나이.

유라가 서울에서부터 계속 보여줬던 영상이 패러글라이딩이다.
할머니도 이거 탈 수 있겠냐고, 계속 열 번, 백 번 물어보더라고.
내가 할 수 있다고 장담은 했지만 하늘 날다가 저 줄이 끊어지면 어
떻게 하지? 내가 또 입방정 떨었나?
스위스 갈 때까지 속으로는 그 걱정을 한 거여.

한국에서 탄다고 해놓고 거기까지 가서 안 탄다고 하기 좀 창피하
니까 일단은 씩씩하게 올라갔다. 외국인 선생님이 나는 가만히 걷
기만 하면 된다고 해서 시키는 대로 가만히 걷기만 했다.

정말 톡, 톡, 톡,
걷기만 했는데 하늘로 붕…… 내 몸이 떴다!
우와! 갑자기 몸이 찌릿하더라고.

뒤에서 외국인 조종사가 뭐라고 씨부렁씨부렁하는데 난 못 알아들
어서 그냥 "짱! 짱!"만 외쳤다. 외국인 조종사 참 친절하더라. 내가
못 알아먹어도 계속 말 걸어주고, 나를 감동받게 하더라.

할머니도 어린 소녀일 때 새를 보며 하늘을 나는 상상을 했겠지?
일흔한 살이 된 그 소녀가 진짜 하늘을 날았다!

처음엔 겁도 났지만 패러글라이딩에 성공한 후 뿌듯.

그게 뭔 감동이냐고? 나이 들면 말 걸어주는 게 감동이여.

무슨 말인지 몰라도 자꾸 나를 신경 써주는 것 같아서 좋았던 거여!

온몸이 찌릿찌릿 우주에 올라간 기분이야.

어떻게 내려가는 거지? 이러다 강에 떨어지면 어쩌지?

조바심도 잠시, 아래 펼쳐진 풍경을 보면 조금 더 있고 싶은 생각뿐

이었다.

저 아름다운 풍경들을 내 눈에 다 담아가야지.

눈 깜빡하는 것도 아깝다는 말이 이럴 때 쓰는 거구만!

무서울 때마다 '아, 죽으면 죽는 거지 뭐'라고 생각하면 마음이 편해

지더라.

에이, 그래도 어떻게 그런 생각을 하냐고?

나는 70년을 살았으니까 재미없게 오~래 사는 것보다 남은 생 재

미있게 살다가 죽어도 아쉬울 거 없을 나이거든(물론 유튜브를 만나

고 나선 이 좋은 세상 더 오래오래 살고 싶어졌다).

"너무 좋아. 너무 행복합니다."

드디어 날아오른 할머니. 파일럿 앞에 대롱대롱 매달린 할머니는 세상 온화한 표정이었다.
하늘을 날며 세상을 내려다보는 할머니는 땅에서 억세게 살아온 사람이 아니라 자애로운 여신처럼 보였다.
물론 나도 엄청 신났다!

그렇게 유럽 여행은 끝이 났다. 스위스에서는 비가 많이 와서 호텔에만 있던 기억이 많다. 평범한 일상도 스위스에서 경험하니 특별했다.

스위스 에피소드로 「71살 막례의 첫 패러글라이딩!」과 「스위스에서 김치찜 해 먹고 한국 드라마 보기」 두 영상을 올렸다. 나는 당연히 패러글라이딩 편이 더 조회수가 많을 거라 기대했다. 결과는 전혀 달랐다. 김치찜 편이 패러글라이딩 편보다 3배 이상 조회수가 많이 나왔다(충격).

• 유라 스토리 •

스물아홉,
나훈아에 입덕하다

언젠가 유튜브에서 나훈아에게 열광하는 어르신들을 보며 '나이가 들면 나훈아 스타일이 좋아지는군. 난 아직은 부담스럽네'라는 아주 오만한 생각을 했었다. 그러니까 내 말은, 내 나이 스물아홉…… 나훈아에게 빠지고 말았다는 것이다.

2018년 2월 22일, 오전 10시.
나훈아 콘서트 예매 오픈 날. 나훈아를 좋아하는 할머니를 위해 아침잠 많은 나도 아홉 시부터 알람을 해놓고 대기를 탔다. 이 게임은 이미 나훈아 팬들간의 경쟁이 아니었다. 전국 효녀, 효자들의 경쟁이었다. 나름 유튜브 안에서 국민 효녀의 커리어를 쌓고 있는 나이지만 결제 창 구경도 못 하고 '광탈'했다. 그때 마치 환청처럼 "나훈아 보여준다고 염병 씨병하더니 진짜로 염병만 했네"라는 소리가 서라운드로 내 귓속에 때려 박히기 시작했다.
5개월 동안 기다린 끝에 1층 R석 두 자리를 건졌다!

드디어 소문만 무성했던 왕의 귀환을 실제로 보게 된 날. 여느 공연이 그렇듯 공연장 밖에는 얼음물과 휘황찬란한 야광봉을 팔고 있었다.

"나 이거는 좀 너무 그렇지 않아?"
"아니야! 무슨 소리야, 언니! 예뻐, 예뻐!"
"아이고 언니들! 이 정도는 튀어야 훈아 오빠가 봐주지!"
이곳저곳에서 이런 대화가 오갔다. 한 상인이 보고만 있던 우리 할머니에게도 하나 살 것을 권유했고 할머니는 야광봉 세 개를 골랐다. 그날 객석에서 막례쓰가 내뿜는 불빛은 거의 나훈아만큼 화려했다.

"입장하겠습니다."
안내 멘트가 울리고, 사람들이 하나둘 몰려들었다. 공연장 외부는 여자들의 설레는 웃음소리! 꺄르르, 깔깔깔, 와하하하하, 우렁찬 소리로 가득했다. 저렇게 행복할 수 있다면 나도 나훈아 팬 하고 싶다는 생각이 들었다. 드디어 입장을 했다. 공연 전 금기 사항에 대한 안내문이 타닥타닥 타자 소리와 함께 전광판에 쓰이기 시작했다. 약간 '올드'하다고 느껴지는 연출에 웃음도 나고, 글자 뜨는 속도가 얼마나 느린지 내심 답답하기도 했다. 하지만 이 공연 관객의 연령대를 생각해보면 세심한 배려가 느껴지는 멋진 연출이었다.

곧이어 나훈아가 구름 속에서 기타를 들고 등장했다. 할머니 말로는 산신령이 내려오는 줄 알았다고. 그도 그럴 것이 무대 연출이 그를 신으로 보이게끔 만들어줬다. '우리 나훈아는 쉽게 보여줄 수 없다! 참고 기다려라! 오늘 나훈아 얼굴을 볼 당신들은 행운아다!'라고 무대 연출이 외치고 있었다.
전광판 카메라는 절대 그의 얼굴을 잡아주지 않는다. 뒤의 댄서들, 연주자들은 크게 크게 클로즈업하면서 왜 나훈아는 안 잡아주는 거야? 공연 내내 이러려나? 하는 생각에 돈이 아깝기 시작했다. 이럴 거면 TV로 보는 게 훨씬 얼굴이 잘 보일 테니까!

그런데 얼굴이 안 보이니 자연스레 노래에 집중이 된다. 듣다 보니 가사가 참 좋네(자막으로 크게 다 띄워준다). 상상했던 뻔한 트로트가 아니었네! 가창력은 저게 정녕 70대의 발성인가 싶을 정도로 파워풀하고 대단했다.

이게 바로 가수 나훈아의 매력에 빠지는 단계다. 크고 친절한 자막 덕분에 모든 곡의 작사가, 작곡가가 나훈아라는 것을 알게 되며 이제 당신의 머릿속에 나훈아는 단순한 트로트 가수가 아닌 아티스트로서 자리 잡는다.

갑자기 전광판에 홍시 열매가 주렁주렁 가득 찼다. 이 연출은 또 뭐야? 알고 보니 노래 제목이 「홍시」였다. 완벽하게 관객 맞춤형의 연출! 그 흔한 인사 멘트 하나 없이 일곱 곡을 연달아 부르고 나서야 나훈아가 객석을 등졌다. 모두가 숨죽이고, 드디어 그의 뒤통수가 클로즈업되었다.

이때부터 객석은 벌써 자지러지기 시작했다. 곧이어 나훈아가 뒤돌아 그 귀한 얼굴을 보였다. 전광판에 나훈아의 얼굴이 아주 꽉 찼다. 그리고 올라온 자막은 "여러분의 나훈아입니다".

나훈아는 갑자기 나의 나훈아가 되었다. 도저히 노인이라고 볼 수 없는, 운동으로 만든 젊은 얼굴, 젊은 표정, 다부지게 잘생긴 얼굴!!

그렇게 뛰어다니셨으면서 어떻게 헐떡이지도 않아?!

모든 게 놀라워서 입이 떡 벌어졌다.

그는 하얀 윗니가 싹 드러나게 히히히힝~ 말처럼 웃었다. 이 때부터 나는 할머니가 어떻게 공연을 봤는지 모른다. 왜냐하면 나는 훈아 오빠만 바라봤기 때문에⋯⋯. 나는 나훈아의 노래도 모르고 과거의 영광도 모르지만, 이 순간부터 그딴 건 상관없는 것이다. 우리는 세뇌되는 것이다.

난 나훈아의 얼굴이 보고 싶다! 전광판에 띄워달라!

와! 나도 봤다! 그래 난 행운아다!!

화려한 조명과 빵빵 쏴주는 폭죽들, 에너지 넘치는 나훈아는 양쪽 계단을 뛰어다녔다. 아니 어떻게 저렇게 뛰실 수 있지? 놀라움의 연속이었다. 가수 이승철이 자주 하는 '밖으로 나가 버리고~~~~' 식의 음 끌기를 나훈아도 한다. 나훈아 선생님의 숨이 모자랄까봐 보는 내가 더 조마조마했지만, 그는 표정 하나 안 변하고 음 끌기를 아주 멋지게 보란 듯이 아주 오래 해낸다. 립싱크 아닐까 의심이 들 정도의 완벽한 기교와 가창력, 숨 헐떡임 하나 느껴지지 않는 체력. 한 시간이 지나서야 그는 물 한 모금을 마셨다.

또 거부할 수 없는 나훈아의 마력은 바로 멘트와 제스처였다.
그는 아주 약한 경상도 사투리를 쓰며 관객들의 마음을 밀었다
당겼다, 들었다 놨다, 아주 능숙하게 분위기를 이끌어갔다.
"오랜만에 보는데 다들 와 이리 늙었노. 이게 다 제 잘못입니
다. 나 없는 11년 동안 이래 됐습니다. 제가 지금부터 청춘을
돌려드릴 테니 잘 받으십시오."
멘트가 마무리되며 「청춘을 돌려다오」의 반주가 짜아아앙~
시원하게 밀려들어 오면서 나훈아는 윗옷을 벗어 던져버린다.
흰색 나시에 갈기갈기 찢어진 청바지. 그리고 뒷배경의 시계
들은 나훈아의 주문에 홀린 듯 정말 거꾸로 돌아가고 있었다.

나는 아직도 친구들에게 나훈아 콘서트 이야기를 한다. 나훈
아는 콘서트에 다녀온 사람들이 동네방네 자랑하게 만드는 힘
이 있다.
나훈아는 너무 잘 알고 있다.
당신의 팬들과 당신의 가치를.

나훈아는 다시 태어나면 가수는 절대 하지 않을 거라고 말했다. 그럼 누가 가수를 한단 말인가. 나는 나훈아에게 청춘을 돌려주고 싶다. 그의 공연을 앞으로 더 오래오래 보고 싶어졌다.

할머니 덕분에 나훈아 '입덕' 성공!

6

세상에 호주는
뭐 이런 데가
다 있댜?

#이민올까 #호주골드코스트 #헬리콥터투어 #무비월드
#할머니무릎이버텨줄때까지 #전세계다여행하자

유라

유튜브를 시작한 지 1년.
자축할 특별한 선물이 필요했다.
할머니의 인생을 바꿔준 그곳.
다시 호주에 가는 거야!

이번엔 골드코스트로!

골드코스모스래냐 뭐래냐.
이름은 몰라도 나는 호주랑 진짜 잘 맞아. 뭐가 잘 맞느냐면……
몰라, 그냥 잘 맞아!

#무비월드_드림월드
내 70 평생 가본 놀이공원은 에버랜드랑 용인민속촌이 다다. 그마
저도 용인 살았으니까 슬렁슬렁 가본 거지, 뭐.
젊었을 땐 일하느라 못 갔고 나이 들어서 한 번 갔더니 내가 타고 싶
은 거 탈라 하면 노약자라고 줄도 못 서게 하더라고.
나이 먹으면 놀 기회도 없다.
그때 딱 드는 생각이 '오메, 나는 인자 다 살았네'였다.

호주 놀이공원도 뭐 다르겠어? 기대 않고 들어간 거여.
근디 뭔 나이고 나발이고 묻지도 따지지도 않고 태워주더라고?
그래가꼬 이게 웬 떡이여? 하고 올라탔다!
오메, 세상이 빙글빙글 돌고 막 날라다니고 심장이 쪼그라들고 하
는디 이게 요지경인가 보다!

진짜 너무 재밌는 거야!

아니 근디 에버랜드는 왜 안 태워주는 거여? 나 진짜 잘 탈 수 있는디 말이여. 한국에 있는 내 친구들도 다 데려와가꼬 여기서 태워주고 싶었다.

내 친구 애순이도 좋아할 텐데…….

내려오고 나서 나는 내 간이 어디로 굴러가서 떨어졌을 줄 알았는데 만져봉께 잘 붙어 있더라. 다행이야. 또 탈 수 있겄어.

김유라 : 할머니 괜찮아?
박막례 : 허허호호호허헛헛.

한국에서 못 탄 한을 푸는 중. 푸하하하하하하핫핫핫핫.

유라

"나 들어갈 수 있냐? 퇴짜 맞으면 어째? 노약자라고 못 들어가는 거 아냐?"

골드코스트의 놀이공원, 무비월드 앞에서 할머니는 또 나이 걱정이 태산이었다. 한국에서 거절당했던 기억이 마음에 크게 남아 있었나 보다.

할머니 식당이 에버랜드 앞에 있어서, 할머니가 공사 일 하는 분들한테 도맡아 식사를 제공한 적이 있었다. 작은 초가집 같은 식당이었지만 밥이 맛있으니까 에버랜드 사람들은 다 할머니 식당에서 밥을 먹었다.
한번은 할머니가 밥 먹으러 온 에버랜드 직원한테 "삼촌, 나도 에버랜드 구경 한번 시켜주면 안 돼?"라고 하니까 정말 구경을 시켜줬다. 그런데 들어가면 뭐하나, 아무것도 안 태워주는데.
박막례답게 '나도 더럽고 치사해서 안 탄다'고 웃어넘기고 집으로 왔단다.

영어 좀 배워갖고 여기 살고 싶어야. 우리 여기서 함 살아볼까나. 한 두어 달만.

아무리 생각해도 세상이 할머니에게 너무 박했던 것 같다. 본인 나이를 자각할 시간도 없이 쉬지 않고 일만 하며 살다가 이제 좀 여유가 생겨 돈 내고 놀이기구 좀 타볼랬더니 늦게 왔다고 뒤통수 맞은 거다.

인생, 진짜 뭘까?

더 이상 어떻게 살아야 아쉬운 게 없는 거야?

열심히 살아야 해서 열심히 살았는데도 그게 꼭 잘 산 게 아닌 것 같은 상황이 너무 쉽게 벌어진다.

할머니는 물 만난 고기처럼 놀이기구를 마음껏 즐겼다. 나는 무서워한 자이로드롭까지 할머니는 망설임 없이 올라탔다. 안 무섭냐고 물었더니 돌아오는 대답.

"간이 한 번 그냥 뚝 떨어졌다. 나는 간이 여러 개야."

드림월드에도 갔다. 할머니는 제일 무서운 것만 골라서 타고 싶다고 하는데 내가 걱정이 돼서 말렸다. 나는 점점 수심이 깊어지는데 할머니는 오히려 주름이 펴지는 것 같았다.

"오메 오메 유라야! 쪼 우에 쳐다봐봐.
세상에. 호주는 뭐 이런 데가 다 있디야?"

그다음 코스는 탬버린 마운틴 국립공원.

이곳은 기후가 온화해서 열대우림이 조성되어 있는데 그것을 잘 느낄 수 있도록 높은 곳에서 걷는 산책길 스카이워크도 만들어놓았다. 누군가 이 책을 읽고 할머니와 호주 여행을 갈 거라면 여기를 꼭 가보시길!

Q1 타워에 있는 전망대도 올라갔다. 이곳에서는 77층짜리 빌딩의 외벽을 클라이밍 할 수 있다. 안전장치를 달고 건물 외벽의 계단을 올라갔다 내려오는 거다. 우리가 이걸 했다니 지금 생각해도 고개가 절레절레 저어진다.

할머니는 언제 건물 밖에 붙어 있겠냐며 꼭 해보고 싶다고 했고 어쩔 수 없이 따라 올라간 나는 솔직히 무서워 죽을 뻔했다.

할머니는 내 뒤에 딱 붙어서 빨리 가라고 재촉했다.

그렇게 딱 붙어서 오지 좀 말라고!

"니가 늦게 가잖아. 니가 나를 보호해야 쓰겄냐, 내가 해야 쓰겄냐."

할 말 없음.

그 외에도 열대과일을 맛볼 수 있는 트로피컬 프루트 월드에도 가고 다양한 와인을 시음할 수 있는 위치스 폴스 와이너리에도 갔다.

와인을 시음하는데 안주빨만 세우는 할머니.

"요즘 친구들 술자리에서는 이러면 할머니 집에 가야 된다고."

할머니의 담력을 다시 확인했다. 나는 정말 무서웠다.

"그럼 됐다 그래. 느그들 세계에 들어갈 의향도 없어."
내가 놀리니까 단호하게 말하는 할머니.

할머니는 술을 전혀 못 하신다.
내가 물어본 적이 있다. 할머니는 스트레스 받거나 하면 어떻게 푸냐고. 그랬더니 할머니 말씀이 스트레스를 안 받는단다. 열받는 즉시 말로 다 풀고 마음에 담아두지 않으니까.
많은 사람들이 마음에 담아두지 않는다고 하면서도 그러긴 어려운 법인데 할머니는 정말 뒤끝이 없다. 때로 할머니가 고모나 누군가와 싸우더라도 그때는 화가 나서 다시는 안 보겠다고 해놓고 다음 날이 되면 완전히 까먹는다.
유튜브를 보고 할머니 성격이 세서 무섭다고 하는 분들도 있지만 나는 그런 할머니 성격이 좋다. 어느 한쪽이 꿍해서 그게 오래가면 사이가 틀어지기 쉬운데 할머니는 싸우거나 화를 내도 얼마 안 가 '리셋'이 되니 참 좋다.

한번은 호주에서 어떤 아이가 길에서 울고 있는 걸 본 적이 있다. 아이가 떼를 써서 부모가 "너 여기 있어" 하고 가버린 척을 한 것이다. 그런데 할머니가 뚜벅뚜벅 가더니 그 아이를 안아 올렸다. 외국에서는 남의 아이를 만지는 것도 있을 수 없는 일인데 번쩍 안아 올리다니, 나는 너무 놀랐다.

할머니는 그 아이가 자존심 때문에 부모한테 못 가는 걸 알아챈 것이었다.

"오구구, 내가 데려다줄까?"

할머니가 아이를 부모에게 데려다주니 다행히 그 부모도 활짝 웃으며 "땡큐! 땡큐!" 인사를 했다.

그때 할머니가 산타 모자를 쓰고 있었는데 아이 엄마는 울고 있는 아이에게 이렇게 말하며 할머니에게 찡긋 눈인사를 보냈다.

"오~! 너 지금 산타 할머니가 데려다줬네?!"

완전 바뀐 인생을 살고 있지만 내가 사랑한 할머니의 모습은 여전하고 절대 변하지 않는다.

착하고 귀엽고 재미있고 정 많은 할머니!

헬리콥터 창 아래로 골드코스트에서 가장 긴 해변 서퍼스 파라다이스가
펼쳐졌다. 할머니와 내가 할 수 있는 건 감탄밖에 없었다.

내가 너 만나고 내 인생이 바꼈다. 아고오 착해!
<Currumbin Wildlife Sanctuary>

이제는 캥고리 뒷다리는 아픈 다리가 아니라는 것도 알고 있고,
이제는 민소매 원피스도 진작에 챙기고 다니지.
나도 많이 바뀌었네. 아니네, 내 인생이 바뀌었네.

"내가 너를 만나고 내 인생이 이렇게 바뀌었다. 고마워."

korea_grandma ···

♥ 💬 ✈   🔖

korea_grandma 데춘찌겄어는되생각보다아주못자게나와서

"대충 찍었는데 생각보다 아주 멋지게 나왔어."

7

할머니,
구글에서 초대장이
날아왔어

#직장인충격주의 #인생은박막례처럼 #구글본사
#유튜브CEO #수잔찾기 #할머니글로벌편 #영어싫어
#셰인은내친구 #서칭포수잔

"할머니! 놀라지 마. 구글에서 초대장이 날아왔어."

"구글은 또 무슨 나라야?"

"아니! 아…… 일단 미국이야!"

"오메!!!!!!!!!! 미국!!!!!!!!!!!!!!!!!!! 상상도 못할…… 어째 미국에서
도 초대장이 날아왔다냐?"

"구글이라는 회사로 가는 거야!"

"구걸?? 나를 왜?"

"구! 글! 유튜브가 거기 있는 회사야!"

내가 또 결심을 했다.

유튜브가 미국도 보내주네, 오메, 유튜브 열심히 해야 쓰겠구나!

무슨 이런 세상이 다 있냐.

하늘에 계신 우리 엄마 아빠, 참 자랑스러워 해주세요!

막내딸 막례가 미국 갑니다!

그렇게 나는 내 인생, 평생 구경도 못 해볼 줄 알았던 미국을 갔다!

내 여행은 비행기 타고 제주도가 끝인 줄 알았더니 이렇게 날아다

니네.

유튜브하면서 전 세계 날아다닐 줄 누가 알았나?

미국……!

내리자마자 젊은 외국인 남자가 오더니 뭐 환영한다고 뭐라 쓰인 종이를 들고 있더라고. 이런 환대, 너무 놀라웠다(공항에서 이런 거 들고 있는 거 드라마에서나 봤제). 그 친구 이름은 셰인!

구글에서 마련해준 숙소로 갔더니, 오메 전 세계에서 온 유튜버들이 끼리끼리 모여서 수다를 떨고 있더라고.

나는 거기서 또 놀래버린 거야. 왜냐면 나 혼자 70대 할머니인 거지. 다 20대, 30대였는데 나 혼자만 70이 넘어가꼬 거기 섞여 있으니 내가 저 속에서 뭣을 할까…….

유라야, 나는 아무래도 못할 거 같다.

"할머니! 할머니 스타일대로 하면 돼!"

"내 스타일이 어떤데?"

5분 뒤 나는 이미 외국인 유튜버들이랑 손짓 발짓 하면서 놀고 있었다.

유라가 그것이 바로 내 스타일이라고 하더라.

전 세계 유튜버들을 보니까 신기했다.

내 직장동료들인가? 저 사람들은 뭘 찍고 올리는 걸까?

각 나라를 대표해서 온 유튜버들이라는디 말야.

한 남자는 휴대폰이나 전자제품을 찍고, 이 사람은 영어를 가르치는 걸 찍는다고 했고, 저 사람은 연예인처럼 이것저것 방송을 한다고 했고…….

나도 잘하고 있는 걸까?

구글에서는 매년 개발자 콘퍼런스인 I/O를 연다. 전 세계 개발자들이 모여서 다양한 신기술에 대해 의견을 나누는 자리다. 원래는 우리나라에서도 IT 전문 유튜버들이 갔었다는데 2018년에는 웬일인지 할머니가 초대를 받았다.

드디어 도착한 미국 캘리포니아.

"아따 내가 시방 미국에 왔구먼."

감격하는 것도 잠시, 할머니는 영어를 못하는 것 때문에 걱정이 한 사발이다. 할머니가 아는 영어라고는 Hello, Thank you, Sorry, F*** you, Sh**……. 할머니, 그건 욕이잖아.
안 되겠다. 호텔에서 벼락치기에 돌입했다.

"할머니, 구글이 뭐지?"
"구글? 유튜브의 엄마."
"AI는 무엇일까요? 인공……."

"인공수정."

"스마트폰은?"

"내 휴대폰."

"모르는 영어가 있어서 사진을 딱 찍었더니 번역이 돼. 그걸 뭐라 그러게?"

"마술사."

'열공'을 하고 쪽지시험까지 봤건만, 망했다.

"아고 난 몰라. 아 짜증난다고!! 안 외워진다고. 울고 싶다고 시방. Hello. Thank you. Sorry. F*** you. Sh**!"

할머니는 영어 어렵다고 침대에서 떼굴떼굴 구르다가 포기 선언. 다행히 우리에게는 통역사도 있고 구글 번역기도 있었다.

영어 공부 하다 지쳐 잠든 할머니……. 주입식 교육은 실패로 돌아갔다.

막레쓰

구글에서 통역사를 붙여줘서 I/O 행사도 어려움 없이 소화했다. 나는 통역이라는 게 외국사람 말이 끝나면 해주는 줄 알았더니 그것이 아니고 귓구녕에다 뭘 꽂고 있으믄 외국사람 말 시작과 동시에 통역을 해주더라.

모든 게 나를 도와주는 것 같았다.
나도 즐기면서 행사를 마쳤다.
나름 잘하고 온 것 같으네?

유라

다음 날 구글 본사에 입성했다. 정말 우리를 제외하곤 다들 IT 전문가, 아니면 구독자 500만 명 이상으로 엄청 유명한 사람들이었다. 영상을 찍으면서도 믿기지가 않았다. 너무나 큰 영광인 만큼 좋은 영상을 만들어야겠다고 생각했다. 이 일이 얼마나 큰 경험과 기회가 되는지 절감했으니까, 유튜버로서의 직업정신이 더 투철해졌다.

구글에서는 아주 다양한 신기술을 볼 수 있었다. 다른 유튜버들은 그 기술을 찍는 동안 우리는 전혀 다른 방식으로 다른 영상을 찍었다. 할머니가 유일하게 아는 미국 사람, 우리에게 실버버튼을 보내준 유튜브의 수잔을 찾는 컨셉으로 단편영화 「수잔을 찾아서(Searching For Susan)」를 찍었다.
사람들이 신기해하기에 우리 콘텐츠를 보여줬더니 재미있었는지 자원해서 도와줬다. 언제든지 불러달라고 하면서. 우리를 안내해준 구글 직원 셰인도 큰 역할을 해줬다. 또 한국인 직원을 만나 구글에 취직하는 법에 대해서도 물어봤다. 내 또래 친구들이 이걸 보고 조금이나마 도움이 되었으면 하는 마음으로.

세계 곳곳에서 초대받은 유튜버들.
우리 빼곤 거의 IT 전문가들이었다는 놀라운 사실.

구글은 뭔 놈의 회사가 강아지를 데리고 댕겨?

직원들 먹는 것도 다 자기 식성에 맞게 하고, 과일도 가짜 과일이 아니고 생과일로 즉석에서 갈아줘.

우리나라는 60대만 넘으면 정년 퇴임하고 아무것도 못한다는데 여기서는 나보다 늙은 사람도 커피숍에서 커피 타고 알바하더라.

그래서 내가 물어봤다, 우리 통역사한테!

저 할머니는 도대체 몇 살인데 여기서 알바를 하는 거냐고 물었더니, 미국은 자기 능력만 되면 한단다. 나보다 나이 많은 백발 할머니도 앞치마 둘러매고 일하니까 내 기분이 다 이상하더라고.

지금 생각해보면 그게 '감동'이란 것 같아.

나도 혹시 여기서 일할 수 있냐고 물어봤다. 나도 모르게 그 말이 나와버렸다.

근디 난 영어를 못 하니까 안 돼. 어떤 회사가 직원한테 통역사를 붙여주고 일을 시키겠어! 하하하. 이럴 때마다 못 배운 게 한이네, 그려.

우리 엄마 아빠는 이렇게 나를 안 가르칠 거면 미국에 입양이라도 보내지!

그럼 내가 영어라도 잘할 거 아녀!

또 엄마, 아부지를 원망해버렸네.

가르치기는 싫은디 입양은 또 보내기 싫었는갑지? 쳇.

구글 I/O 행사장에 모인 이 사람들은 어디서 다 모였을까?

다들 세상 돌아가는 거에 관심이 많구나. 나만 아무것도 모르고 된 장찌개만 끓이고 살았구나.

뭔가 욕심이 생겼다.

나도 세상 돌아가는 거, 어떻게 돌아가는지 알아야겠단 마음이 드는 거야.

우리가 어쩌다 구글 프레스로 여기 와 있는지. 구글 만세다.

할머니의 트레이드 마크인 드러눕기 포즈.
할머니는 진심으로 구글에 취직하고 싶다고 했다.

구글의 비밀 프로젝트 연구소인 '구글 X(Google X).'
공상과학 기술을 실현하는 곳이라는데 뭘 만드는지는 공개할 수 없다고 했다. 다만 최근에 만들어서 발표한 드론 배달 기술을 보여주겠다고 했다.

헬기 선착장 같은 곳에 사람들이 모여 있고 드론이 선물 가방을 사뿐히 내려놓았다. 그 안에는 사탕, 초콜릿 등이 들어 있었는데 사람들이 할머니한테 받으라고 해서 할머니가 받았다. 역시 정 많은 우리 할머니는 거기 있는 사람들에게 초콜릿을 나눠줬다.

"이거 하늘에서 온 쪼꼬렛이야!"

다시 차를 타고 돌아오는 길에 셰인이 아까 그 자리에 구글 창립자가 있었다고 했다.
다들 난리가 났지만 우린 그 사람이 누군지도 몰랐기에 시큰둥. 어떤 사람이 자기가 찍은 사진에 그분이 찍혔다고 해서 봤는데……
아니, 이 사람은 할머니한테 초콜릿 받은 사람인데?

내가 찍은 영상을 다시 보니 내 기억이 맞았다.

사람들은 더 난리가 났다. 구글 직원들도 창립자의 이런 모습은 처음 본다면서 너무나 재미있어했다. 창립자 옆에 있던 그 아들한테도 할머니가 초콜릿을 줬다는 사실도 알았다.
그러니까 내가 찍은 영상에 이게 담겼다는 거지!

할머니, 내가 한 건 했어!

"야, 이럴 줄 알았다. 이렇게 나눠주고 착하게 살았더니 이런 날이 올 줄 알았다."

초콜릿을 배달해준 드론. 할머니는 한국의 정을 보여주듯 초콜릿을 집어
주변 사람들에게 나눠줬을 뿐인데…… 그곳에 구글 창립자가 있었다!

막례쓰

미국에서도 나를 알아보는 편들이 있더라!

구글 I/O 행사장에서 멕시코 기자가 나를 알아본 거야.

그 나라 뉴스에서 나를 봤다고 했다. 그야말로 두 눈이 번쩍 떠지더라고.

그리고 호텔에서 체크인 할 때도 거기 직원이 나를 알아보더라!

내 인스타그램 팔로워라는 거야!

그 미국 사람이 말이여!

어떻게 이런 일이 일어나지?

할머니의 글로벌 편들. 너무 신기해!

유라

할머니도 낯을 안 가리는 건 아니다. 그렇지만 외국인 친구들하고
노는 데에 본인도 재미를 느낀 것 같았다. 게다가 친구들은 할머니
를 무척 좋아해줬다. 그럴수록 할머니는 영어를 못한다는 사실에
대한 슬픔이 더 커졌다.
어느 카페에서는 완전 백발의 노인이 일을 하고 있었는데 무척 부
러워하셨다. 할머니도 영어가 되면 여기서 설거지라도 하고 싶다
고, 자기 직업을 갖고 있는 게 부럽다고 했다.
솜사탕을 먹다가 할머니가 이야기를 했다.

"유라야, 여기 오니까 그런 생각이 든다. 우리 엄마가 날 이렇게 안
가르칠 거면 여기로 입양이나 보내지. 그렇게 나 안 가르칠 거 뭐하
러 날 키웠을까. 여기 입양됐으면 영어라도 했을 거 아니냐……."

할머니는 학교를 전혀 못 다니셨다. 못 배운 한이 크다. 배우고 싶은
열망도 크다.
그걸 알기에 미국에 다녀와서 할머니와 영어수업을 듣기도 했다.
하지만 잘되지 않았다. 할머니는 내 혀가 왜 이렇게 안 돌아가느냐

고 답답해했고, 나도 안타까웠다. 나이가 들면 반응 속도가 느려져서 박수 치는 것조차 박자가 잘 맞지 않는다고 한다. 영어도 소리를 듣고 똑같이 말해야 하는데, 이게 생각처럼 되지 않는 거다.

구글 직원에게도 여기서 일하니 너무 행복하겠다고 말했다. 그 직원이 할머니에게 얼마든지 일할 수 있다고, 하다못해 주스라도 만들 수 있다고 말해줬는데, 그 말에 할머니도 희망을 품게 되었다.

실제로 그렇게 될 일이야 없겠지만
그래도 언제든 내가 마음먹으면 할 수 있다는 생각이
좋은 에너지를 주는 것 아닐까.

구글 행사가 끝나고 너무 아쉽지만 집으로 돌아가야 할 시간이 되었다. 그런데 한국에 있는 여행 앱 회사 '클룩'에서 3일 동안 자유여행 협찬을 해준다는 게 아닌가!
할머니는 내가 놀리는 줄 알고 못 믿다가 진짜인 걸 알고는 신난다고 환호성을 질렀다. 우리는 하루 동안 세 곳의 어트랙션을 이용할 수 있는 자유이용권을 사기로 했다. 할머니가 타고 싶었던 2층짜리 시티투어버스도 탔다.
시티투어버스를 타고 신난 것도 잠시, 바람이 장난이 아닌 거다. 입 돌아가는 줄 알았다.

금문교를 지나며 사진을 찍었는데 할머니가 인스타그램에
'내가 미국 바다 위에 김민교 다리 건너다'라고 썼다.
그리고 배우 김민교 씨가 직접 댓글을 달아줬다.

유람선도 탔다. 미국 바다 한가운데에 있다는 게 믿기지 않는다며 할머니는 나한테 자기 볼을 한번 꼬집어보라고 했다.

그다음엔 폭풍 쇼핑!
다이슨 청소기도 사고 할머니의 첫 명품백도 샀다. 살다 살다 '구찌' 말만 들었지, 구찌와 처음 만난 할머니는 인스타그램에 '굿지'라고 썼다. 할머니가 유튜브로 돈을 벌어도 명품을 막 살 수 있지는 않다. 골라보라고 해도 돈이 아무리 많아도 이런 건 못 산다며, 니 꺼나 골라보라고 했다. 나도 그렇다. 돈을 벌어도 써본 놈이 쓴다는 걸 절실히 느꼈다. 결국 마음에 드는 빨간 가방 하나를 고른 할머니. 막상 사니까 가방을 안고 뽀뽀하고 난리가 났다.
쇼핑 후 찾아온 허기, 미국 하면 역시 버거니까 '인앤아웃'에 갔다. 할머니도 미국 햄버거는 좀 다른 것 같다며 맛있게 먹었다. 아쿠아리움에서 물고기 구경도 실컷 하고, 여기저기를 다니며 할머니는 호기심 대잔치를 벌였다. 길에서 퍼포먼스를 하는 사람들에게 다가가서 궁금해하고 어디든 기웃거리고 만져보고. 나이 들면 호기심이 없어진다고 하는데 할머니는 호기심이 진짜 많다. 궁금한 게 있으면 못 참는다.
할머니는 나이 든 짱구 같다.

미국의 고칼로리 맛을 알아버렸다.

길에서 공연하는 할아버지 옆에 냉큼 달려가
마이크를 잡고 포즈를 취한 할머니. 못 말린다.

구글 팀이랑 샌프란시스코 동물원에 가서 구글 렌즈로
동물 찾기 게임을 했다.

셰인과 구글 부사장이신 사미르 사맛.
할머니를 보자마자 "코리아 그랜마"라고 외치셨다.

막례쓰

나는 여행을 가면 건물보다 사람들하고 사진을 많이 찍는다.
돌아오면 그 사람들을 보면서 추억한다.

나이가 들면 사람이 귀해진다.
오랫동안 알고 지낸 사람들은 하나둘 죽어가고
새로 만날 수 있는 사람은 없고.
그래서 노인은 외로운가 봐.

할머니와 절친이 된 셰인. 셰인은 우리의 편지를 가볍게 여기지 않고
끝내 CEO 수잔에게 전해주었다. 고마워, 셰인!

유라

구글에 가면서 할머니는 유튜브 CEO 수잔을 만나고 싶어 했다. 수잔에게 전해줄 편지까지 썼다.

> 수정(susan),
> 고맙습니다. 미국 초대해줘서 고마워요. 한 번은 부족해요. 또 한 번
> 초대해주세요. 감사합니다. 수정, 항상 건강하세요. 나는 영어 몰라
> 요. 그래도 되겠어요?
> 수정 행복하세요. 안녕!

하지만 수잔은 거기에 없었고 끝내 만나지 못했다. 우리를 많이 도와준 셰인이 편지를 전해주겠다고 했다. 그 후로 연락이 없기에 편지를 잊어버렸겠지 하고 있었다.

그런데 몇 달 후, 셰인에게서 연락이 왔다. 가족 여행으로 다시 스위스에 가 있을 때였다. 셰인이 보내준 링크를 눌러봤더니 수잔에게 편지를 전달하는 영상이 아닌가.
스윗하다, 스윗해.

너무 고마웠다. 수잔은 우리에게 영상편지까지 띄워줬다. 할머니의 영상을 본 적이 있다고 했다. 그리고 편지를 받았다며 써줘서 감사하다고 했다.

"아, 감쪽같이 노트북 속에 들어가 있었는갑네."

수잔을 애타게 찾던 할머니는 노트북 속 수잔을 보고 엄청 기뻐했다. 그리고 영어를 못해서 한이라며, 답장을 어떻게 써야 할지 모르겠다고 했다.

"할머니, 걱정 마. 내가 도와줄게."

리액션 영상을 찍기로 했다. 영화 「러브 액츄얼리」 속 그 유명한 프러포즈 장면처럼, 스케치북 대신에 급한 대로 키친타월에 메시지를 적어서 한 칸씩 뜯었다.
'Hello Susan/You are CEO/I'm Youtuber/We are family'로 시작해 짧고 쉬운 영어 메시지를 보냈다.

다행히 셰인이 그 영상까지 수잔에게 보내줬고 수잔은 트위터에 우리 유튜브를 소개하기까지 했다.

그러니까

정말 진부하고 또 쓰게 돼서 정말 죄송하지만

여기까지의 이 모든 이야기가 '믿기지 않았다'.

안녕하세요, 수잔!! 사랑합니다. 우리는 가족이에요.

유라가 동영상을 끝내주게 잘 찍은 거 같아.
카메라를 어깨 빠지게 들고 다니드만, 그 보람이 있다 하더라(유라
는 내가 방구만 껴도 카메라를 들이대).

얼마나 그 영상이 대박이었냐면, 내가 유튜브 사장님 수잔을 찾으
러 다닌다는 줄거리였는데 진짜 수잔이 셰인을 통해서 내 편지를
받았더라고. 우리 영상을 보고 영상편지 답장까지 보냈더라고(수잔
과의 뒷이야기는 다 알제? 뒷장에서 더 들려줄게, 편들아)!

꿈같은 일이 벌어졌시야. 아무래도 믿기지가 않애.
오메, 가면 쓴 거 아니냐?
나는 처음에는 유라가 뭔 미국 드라마 틀어준 줄 알았어.

유튜브 하는 사람들 중에 사장님한테 편지 받은 사람은
진짜 나밖에 없을 거요.
땡큐! 땡큐! 수잔!!!

8
돈
많이 벌어서
기계랑 살 거야

#습관성구매압박 #기계하고살란다 #냉장고가말하는세상
#상상도못했다 #삼성많이컸다 #가족여행은동남아가답이다

유라

구글에 다녀온 뒤 삼성에서 연락이 왔다. 독일 베를린에서 열리는 유럽 최대 가전 전시회, IFA 2018의 삼성 행사에 참석해달라는 것. 현장에 도착해서까지 할머니는 여전히 의문.

"나를 왜 오라는 거야?"
"할머니가 가전에 관심이 많으니까 와서 한번 보라는 거지."
"왜 삼성이 갑자기 이뿐 짓 한다?"

행사장에 마련된 삼성타운에 들어갔다. 한 건물을 다 차지한 어마 어마한 스케일! 냉장고 '덕후'인 우리 할머니는 대흥분했다. 아울렛에 간 나처럼 "냉장고! 냉장고! 드럼세탁기!"를 외치며 헤집고 다니는데…… 할머니, 명품숍 갔을 때랑 너무 다르다?

8K 화질 텔레비전을 처음 목격한 할머니.
"이걸로 아침 드라마 보면 얼마나 재밌을까?"
할머니의 드라마 사랑은 못 말린다, 정말.

삼성에서 나를 찾는다니?
구글도 대단했지! 근디 삼성은 내가 원래부터 알고 있던 회사라 그런가. 우리나라 최고 기업에서 나를 독일로 보내준다고 하니 신기하더라고.
계모임에 빠져야 돼서 친구들에게 설명을 해줬다. 구글 얘기할 땐 시큰둥하더니 삼성 얘기해주니까 펄떡펄떡 뛰며 축하를 해줬다.

삼성에서도 휴대폰을 줬다. 삼성 진짜 크더라. 자랑스럽더라.
우리나라도 외국까지 뻗쳤구나, 느꼈다. 그리고 한국 기업이라 외국에 지점이 있어도 직원은 다 한국인일 줄 알았는데 외국 사람들도 있어서 신기했다.
"그럼 외국은 사장이 누구야?"
그게 또 궁금했다. 난 궁금한 것이 많다.

난 진짜 다음 생엔 결혼 안 하고 기계랑 살 거다.
기계가 다 해주더라?
진짜 남편 데리고 살면 손해다.

아침에 일어나면 밥해줘야 되고 빨래 해줘야 되고 옷 다려줘야 되고 밤에는 좋아하는 드라마 못 보고 스포츠 틀어야 하고…….

기계하고 살면 그런 일 없겠더라. 걔는 말도 없고 일 다 도와주고 조용하고 바람도 안 피고 좋겠더라.

남자하고 살면 항시 마음이 불안할 때가 있더라.

내 남편도 결국 바람 나가꼬 나갔다. 아주 죽고 없어져버리니까 마음이 편해.

하늘에 있는 영록이 아빠, 미안한디 당신 죽은 게 내 마음이 편하다가도 당신이 너무너무 불쌍해. 이 좋은 세상 두고 앞에 간 게 불쌍해! 인간아, 그니까 나한테 잘했으면 지금 같이 비행기 타고 하늘 날아다녔을 텐디…… 어찌됐든 하늘에 있응께 그 하늘에서 펑펑 후회해라!

유명한 화가라는 '두들'이라는 사람도 만났다.

유라가 '두드러기' 만난다고 해서, 음식 잘못 먹으면 두드러기 만난다고 하는 줄 알았는디 이름이 두들이었다.

나는 왜 이러고 모르는 것이 많지?

그래서 내가 안 늙었나?

너무 몰라가꼬?

할머니를 만나 즉석에서 그림을 그려준 두들!

아티스트 '미스터 두들'을 만나서 할머니 사진에 그림도 그려주고 '클럽 드 셰프' 쿠킹쇼에 초대받아서 미쉐린 음식도 맛봤다. 행사들을 즐기고 있는데 갑자기 삼성 유럽 마케팅 상무가 나타나더니 할머니와 사진을 찍고 싶다고 했다. 상무님이 키가 커서 한쪽 무릎을 꿇고 할머니 키에 맞춰줬는데 할머니는 자기랑 사귀자고 프러포즈하는 줄 알았다고 한다. 마음으로는 이미 프러포즈를 받았는지 가전제품을 볼 때마다 나한테 하나 사달라고 하는데, 할머니 혼수 준비하러 왔냐고!

구글도 대단했지만 아무래도 삼성은 우리나라 사람이 설명해주니 더 쉽게 이해할 수 있었다. 무엇보다 할머니가 편하고 친근하게 냉장고 문도 열어보고 이것저것 구경할 수 있어서 좋았다. AI와 IoT로 연결된 가전은 사람이 집에 들어오면 TV 채널이 바뀌고 집 안 온도며 조명까지 자동으로 조절된다. 감동받은 할머니는 "삼성 많이 컸네!"라고 칭찬도 해주시고……
삼성 외에도 다른 브랜드의 온갖 가전을 다 구경하고 나온 할머니의 감상평.

"다시 태어나가꼬 사람이 되믄 결혼 안 하고 난 기계하고 살란다."
갑자기 분위기 SF? 그런데 이건 진심이다. 할머니가 그리는 비혼 라이프는 이런 거다. 집에 들어오면 TV 딱 켜지고 아침 드라마만 계속 나오는 거. 남자하고 살면 '염병'하고 뉴스 틀어달라 그러고 귀찮다며 사람하곤 살기 싫단다.

할머니는 이렇게 살 수 있으면 결혼 안 해도 된단다. 할머니는 항상 '남편 만나서 내 인생 조졌다'고 하신다. 이런 세상이 조금만 일찍 왔으면 결혼 안 하고 기계들이랑 살았을 텐데, 아쉽다고 했다.
할머니는 내 능력을 높이 쳐주시기 때문에 너 할 거 다하고 결혼 늦게 해야 한다고, 결혼하면 애 봐야 하니까 일 계속 하고 싶으면 애도 낳지 말라고 하신다. 돈 많이 벌어서 하고 싶은 것 다 하고 나서 결혼하는 건 상관없는데 얼떨결에 홀려서 결혼해버리면 나중에 자기 일 못 한 것에 대한 아쉬움이 오래간다고 자주 말한다.
할머니가 무슨 마음으로 그러시는지 잘 알고 있다. 그토록 하고 싶은 공부도 못 했으니까.

하고 싶은 게 참 많은 우리 할머니는 못하는 게 많아서 슬픈 사람이다. 자전거를 못 타서인지 자전거만 보면 달려가서 사진을 찍고, 영어를 못하고 배운 게 없다고 서러워한다. 그렇지만 그런 마음이 있기에 할머니는 지금 연세에도 배우고 성장하고 있다고 믿는다.

다시 태어나가꼬 인간으로, 사람이 되믄

극단적인 IFA 관람 후기

결혼 안하고 난 기계하고 살란다

삼성전자가 AI와 IoT로 구현한 막레쓰의 비혼 라이프

남자하고 살믄 염병하고 하이라이트 뉴스 들어달라 그러고

나 돈을 많이 벌어가꼬 기계하고 살끄야

이탈리아로 떠나는 날, 공항에서 내가 뭘 하고 있는 사이에 할머니가 혼자 화장실에 다녀왔다. 처음이었다. 할머니는 위풍당당하게 돌아오더니 인스타그램에 자랑도 했다.

여행하는 순간에 문득 깨달을 때가 있다. 우리에겐 별거 아닌 게 할머니에게는 큰 성취로 다가온다는 것.

korea_grandma ⋯

korea_grandma 이제나는송공해다유라없이공항화장실도가다
와다

"이제 나는 성공했다. 유라 없이 공항 화장실도 갔다 왔다."

 **막례쓰**

나랑 유라는 독일 삼성 행사가 끝나고 이탈리아 로마로 넘어갔다. 우리 가족 최초의 유럽 여행이다.

먼저 가서 아들 둘을 기다렸다(내 딸 수영이는 가게 때문에 못 온 게 아직도 마음에 걸린다. 이 엄마 길을 걸으면 안 되는디 말여).

애들을 기다리며 유라랑 공항 커피숍에서 밀린 한국 드라마를 보고 있었다. 근디 슬쩍 내 캐리어를 보니 가방이 없어진 것이여! 그 위에 올려둔 가방이 통째로 날아갔다. 아이고! 도둑놈의 새끼들이 어째 공항에도 있디야?

너무너무 화가 나는 거여.

내 아끼는 안경도 잃어버리고 지갑이며 뭣이며 다 잃어버렸다. 얼마나 충격을 먹었는지 내 눈이 잠시 흐릿해 보이더라. 어지럽고 말이여.

유라는 나 안심시킨다고 또 경찰서를 가가꼬 뭔 종이를 받아오고 아무튼 우리 둘은 완전 정신이 나가버렸제.

그러다가 자식들을 만났다.

유라도 달래주고 자식들도 보니까 그래도 마음이 진정이 되대.
농담으로 우리 아들들한테 말했다.

"느그들 기다리다가 나 가방 도둑 맞았응께 느그 탓이여."

근디 우리 큰아들이라는 놈이 "아니 그럼 엄마는 우리보고 여기 뭣
하러 오라고 했어?"라고 하는 것이 아닌가. 나보고 왜 도둑놈을 원
망하냐고, 잃어버린 엄마 잘못이라고.
아니 내 아들이지만 지 아빠 닮아서 말하는 싸가지, 꼬라지하고는.
내가 가방 잃어버린 것보다 자식새끼가 한다는 말이…….
나 평생 그 말은 서운해서 못 잊는다.
그래도 둘째아들은 애초에 그 가방이 엄마랑 인연이 아닌가 보다
하고 위로를 해주더라.
유라도 자기가 훨씬 더 좋은 가방 다 사준다고 토닥여주고.
큰아들, 그 새끼는 진짜…….
너무 서운해서 그 모든 문장이 정확히 내 머리에 박혀 있다. 그냥 말
이라도 다독여주면 될 것을 왜 그렇게 내 속을 뒤집어놓을까? 지네
애비 똑 닮았다.
나는 유라한테 느그 아빠 같은 남자 만나지 말라고 한다. 우리 큰아
들도 이 책을 읽겠지만 쫌 깨달으라고 쓴다. 너 승질 좀 죽여라.

여행 중에 유라한테 말했다.

"유라야, 나만 데리고 다녀라."

유라랑 나는 아주 잘 맞는다.
유라랑 나는 전생에 소꿉친구였나 보다.

korea_grandma   •••

korea_grandma 나도엄마다보다가로마공항해서가방통차로다
도독마젓다눈깝박사이에참어히없어다내가방어디있을가나도엄마야
이제안볼레

"「나도 엄마야」 보다가 로마공항에서 가방 통째로 다 도둑맞았다.
눈 깜박할 사이에. 참 어이없다. 내 가방 어디 있을까.
「나도 엄마야」 이제 안 볼래."

유라

할머니가 무지 아끼는 가방이었다.

20년 전에 20만 원 가까이 주고 샀다는 '쌈지' 가방. 할머니의 역사가 담긴 가방. 아까워서 잘 들지도 않고 해외여행 갈 때만 가지고 다니는 가방. 그걸 도둑맞은 거다. 어디 그뿐인가. 그 가방 안에는 할머니 지갑이랑 여행 경비가 150만 원 정도 들어 있었다.

지갑에는 할머니 언니들 사진도 있었다. 언니들이 여행을 못 하니 같이 다니겠다고. 그 사진들을 잃어버려서 너무 아깝다고 했다.

"그 새끼 잡히면 내가 뼈다구도 안 남겨놓을 거야."

그다음에는 쌍욕을 시전하셨다.

그러고 나서 아빠가 왔다. 아빠 특유의 장난이었지만 할머니는 열받다 못해 뚜껑이 열렸고…… 그래도 힘들 때 웃어야 일류라고 하잖아, 할머니.

출발부터 요란한 가족 여행이 시작되었다.

피렌체에서 가죽시장이 유명하다고 하대?

아들 둘은 벨트를 산다고 이것저것 비교해보면서 가격을 깎더라고.
세 개에 160유로였나, 그것을 80유로까지 깎는 거야! 인터넷에서
절반을 깎으랬다면서.

장사꾼이 라이터로 벨트를 막 태우면서 진짜 가죽이라고 하니까 우
리 큰아들이랑 유라는 저 벨트만 가죽일 거라고 의심을 하고, 둘째
아들은 10유로 더 깎아달라 그러고 셋이 아주 웃겼어.

첫째는 벨트를 아주 한 시간을 깎느라 전쟁을 하더라고. 둘째는 안
깎아주면 사지 말자 하면서 쿨하게 돌아서서 가버리는 거야. 아쉬
울 텐디? 하면서 우리도 따라갔지. 저녁 먹으러 슬슬 걸어가고 있는
디 어쩌 둘째가 갑자기 안 보여야……?

아 뒤돌아보니까 가죽재킷 매장에서 쇼핑백 달랑달랑 흔들면서 나
와야? 아까는 한 시간 동안 10유로 깎는다고 염병 씨병하더니 그거
는 300유로 주고 바로 사부렀시야?

오메, 뭔 심보여?

korea_grandma   •••

korea_grandma 배이체광장에서커피한장마신장사워유라뒤통수
에다새한마리가날라와똥팍싸고같다오오줌도팍싸고가지

"베네치아 광장에서 커피 한잔 마시는 사이,
유라 뒤통수에다 새 한 마리가 날아와 똥을 팍 싸고 갔다.
오줌도 팍 싸고 가지."

korea_grandma   •••

korea_grandma 나노마왔다미니양산삿다노마참구경할겉도많
고성당구경못하고았다사람너무만해서드러갈수가없어다

"나 로마 왔다. 미니 양산 샀다. 로마 참 구경할 것도 많고
성당 구경 못 하고 왔다. 사람 너무 많아서 들어갈 수가 없었다."

우리가 다시 왔다, 스위스야!
아빠와 작은아빠를 위해 패러글라이딩을 다시 신청했다. 래프팅은
처음 해봤는데 할머니는 처음엔 무서워하더니 다른 배랑 물 튀기기
싸움도 전투적으로 하며 신나게 타셨다.

그런데 문제는 로마에서 잃어버린 가방 안에 내 여분의 메모리카드
도 들어 있었다는 것.
갖고 있는 건 작은 메모리카드 하나였는데, 이걸로 찍는다면 매번
영상을 찍고 다시 옮겨놓고 하는 걸 반복해야 한다.
이미 독일에서부터 일을 너무나 많이 하고 왔고, 할머니도 찍히는
입장이지만 피곤한 건 마찬가지겠지. 카메라를 들이대면 뭔가 재미
있는 걸 해야 할 것 같고 계속 말을 해야 할 것 같으니까.
차라리 잘됐다, 이건 그냥 푹 쉬라는 계시다. 이탈리아와 스위스에
서는 아예 유튜브용 영상을 찍지 않았다.

가족 여행이 되니 여행의 결이 좀 달랐다. 할머니보다 여행 경험이
없는 아빠와 작은아빠가 함께 있으니 내가 할 일이 더 많아졌다. 개

인적인 일들 때문에 못 온 가족들을 생각하니 짠하기도 하고, 자주 오는 기회가 아니니 최선을 다해 놀아야 한다는 부담도 들었다. 일단 신나기도 하고 역사적인 여행이라 기쁨도 크지만 약간의 짜증까지 뒤섞인 오묘한 여행이 되었다.

특히 이동이 많은 유럽에서 가족 여행이란 정말 힘든 것.

할머니와 둘이 여행하면서는 싸운 적이 한 번도 없었다. 나라고 왜 보고 싶은 게 없고 먹고 싶은 게 없겠나. 하지만 나는 언제든 다시 올 수 있다. 반면 할머니는 다시 올 수 없을지도 모른다는 마음으로 하는 여행이니까, 할머니한테 무조건적으로 맞추며 여행을 했다. 할머니가 가면 좋을 곳들, 어디 가서 자랑할 수 있을 만한, 제일 유명한 데를 주로 갔다.

사실 할머니랑은 편하고 재미있고 즐거워하는 코드가 비슷해서 싸울 일도 없고…….

아무튼 내 결론은,
가족 여행은 무조건 동남아가 최고라는 것이다.

할머니를 속상하게 만들었어도 우리 아빠가 사진은 참 잘 찍는다.

유라는 전생에 내 소꿉친구가 틀림없어.

마치 권총 하나 숨긴 멋진 킬러 같아, 할머니.

유라야, 다음 여행은 둘만 가자.

우리 큰아들 때문에 첫날부터 기분이 잡치긴 했지만 그래도 애들이 행복한 거 보니까 진짜 나도 행복하더라.

내가 처음 호주 갔을 때 기분을 우리 애들이 느끼는 것 같아서 보는 것만으로 배불렀다. 우리 애들 어려서 못 해줬던 것들을 나이 들어서 해주고 있는 기분이었다. 내가 좋은 것보다 우리 애들이 좋아하는 거 보니까 그걸로 다 치유가 됐다.

우리 딸을 못 데려간 것이 진짜 아쉬웠다. 우리 딸이 나를 이어받아서 식당을 하는데 나처럼 평생 일만 하고 살까 봐 걱정이다.

스위스 가니까 허허벌판에다가 칸막이 해놓고 소를 뛰어댕기게 하더라. 우리 애들보고 한국은 가둬놓고 사료만 멕이고, 여기 소는 자연 풀만 먹고 사는디 왜 한우가 훨씬 비싸냐고 물어봤다.

그랬더니 우리 작은아들이 맛이 다르다고 했다.

그래서 내가 옷은 미제가 비싼디 먹는 것은 왜 또 미제가 싸냐고 물어봤다. 우리 아들이 그 답은 안 하더라.

저도 모른가부제? 그 답을 못 들었어.

패러글라이딩도 두 번째 했다. 두 번째는 껌이더라고.

래프팅은 여기서 난생처음 해봤다. 스위스 빙하 녹은 물이라고 에
메랄드빛이 나는데 평생 잊지 못할 신기한 색이었다. 모처럼 소리
지르며 신나게 물놀이를 했다.

다음에 스위스 오면 또 다른 거 뭐 해볼까나?

·메이킹 스토리·

「가난했던 그 시절엔 못 줬어,
아들딸을 놀라게 한 할머니의 선물」

(선물 받을 친구)
나이가 어떻게 돼요?

오십둘..

• Commentary •

유튜브에서 유명한 '지니'라는 친구랑 영상을 찍기로 했다. 그 친구 사무실에 가서 산처럼 쌓인 장난감을 보는 순간에, 세상에 우리 애들 생각이 나더라. 우리 애들 클 적에는 문방구에서나 장난감 쪼금 팔았었다. 시장에 갈 때 애들 데리고 가면 문방구 지날 때마다 엄마 저거 사달라고 하는데 나는 하나도 제대로 못 사줬다. 그 돈이면 콩나물을 살 수 있으니까 애들을 기어코 끌고 집으로 왔었다.

근디 지니네 가서 보니까 만감이 교차하더라. 세상에 이렇게 많은 장난감 하나도 내가 못 사주고……. 세월 다 지나도 요즘 애들 장난감이나 잘 나온 기저귀 보면 그렇게 한이 되고 부럽다. 나는 우리 애들 키울 때 기저귀 하나 못 사줬다. 내 몸 부서져라 일하는데도 애 셋 밥 먹이고 학교 보내기도 벅차서 장난감이 웬 말이여, 노는 거 하나 못 해줬다.

어쩌다 한번 장난감 사주는 날이면 절대 안 부서지는 팽이, 꼭 나무팽이 하나만 사줬다. 그래서 우리 큰아들은 종이박스 주워 와서 딱지나 만들고 놀았다. 내가 생전 안 사주니까…… 우리 둘째는 자동차 장난감을 좋아했는디 내가 못 사줘서 베개 가지고 그게 자동차라 그러고, 솥뚜껑 가지고 윙윙 하면서 운전하고 놀더라. 그럼 나는 베개 꺾어진다고 지랄을 했다.

우리 막내딸 수영이는 옷 입히는 인형 같은 거 좋아했는데 당연히 못 사줬다. 수영이도 베개 가지고 놀고…… 지니네 촬영장에서 장난감을 보는 순간 우리 애들한테 주고 싶단 생각이 들더라.

내가 몸은 늙었어도 마음은 청춘이다.

우리 애들도 마음은 아직 학생 때 그 마음이겠지 싶어서 장난감을 받아와서 애들한테 선물로 줬다.

우리 새끼들이 선물을 받고서는 그 자리에선 아무 말 못 하고 있더라고. 그리고 밤에 그르더라고.

엄마 안 잊어버렸냐고, 장난감 사줘서 고맙다고…….

 **새끼들의 후기**

큰아들 영록

내가 팽이 좋아하는 걸 기억하고 팽이를 사온 엄마의 모습에 뭉클했다. 받는 건 나인데 엄마가 더 즐거워하는 모습을 보니 나도 좋았어. 고맙습니다. 사랑합니다.

둘째아들 은옥

엄마가 장난감을 주는데 울컥해서 말이 안 나왔어.

나는 형이나 동생에 비해 엄마가 많이 지원을 해줬던 것 같아. 야구한다고…… 엄마 속 많이 썩였지. 그래서 내 머릿속엔 내가 원하는 거 엄마가 고생하면서도 다 해준 기억만 있어서 장난감 받을 때도 형이랑 동생에게 더 미안한 마음이 들었다.

모두 사랑합니다.

막내딸 수영

어렸을 때 마론인형이 너무 갖고 싶었는데 엄마가 비싸다며 사주질 않아서 난 항상 50원, 100원 하던 종이인형만 갖고 놀았는데…….

어느새 내 나이가 마흔이 넘었는데 엄마가 김밥 싸는 장난감과 아주 작은 인형을 선물해주기에 "이게 뭐야?", "내가 어렸을 때 갖고 싶었던 건 이게 아니야!" 하면서 서운해했다(엄만 내가 어렸을 때 어떤 인형을 갖고 싶어 했는지도 몰라…… 에휴……).

얼마 지나 유튜브에 그 영상이 올라와서 봤더니 엄마는 내가 어떤 인형을 갖고 싶어 했는지 다 알고 있었다.
그 부분 영상만 몇십 번 돌려 봤다…….
돌려 보는 내내 가슴이 먹먹해지며 눈물이 났다.
엄마 나이 70대, 내 나이 40대…….
엄만 그때 사주지 못한 걸 얼마나 가슴에 담아두고 있었을까?
사주질 못하는 엄마 심정은 오죽했을까.

내가 자식을 낳아 키워보니 이제야 이해할 것 같다.
엄마! 미안하고 고마워~ 그리고 사랑해♡

9
박막례 쇼,
수잔을
만나다

#막례쓰만나러 #유튜브사장님 #수잔 #아이고보고싶었어요
#역사적인만남 #박막례show #합성아님 #김밥말기

"할머니 놀라지 마!"
유라한테 전화가 왔다.
난 이제 웬만한 걸로는 잘 안 놀란다.
"수잔이 할머니를 만나러 한국에 온대."

수잔이 누구당가? 뭐 연예인인가 보다 해서 누구여 그게? 하고 있
는디 생각해보니 수잔? 수잔? 유튜브 사장님이라고?????????
오메, 그 사장님이 나를 만나러 한국에 온다고?

눈 떠보니 그날이 다가와버리고 말았다!
심장이 터질 것 같았다.
왜 터질 것 같냐고 하면 내가 수잔 말을 못 알아먹으니까.
또 울 엄마 원망했다. 미쳐버린다 진짜로!
영어! 좀 하게 해주서요.
줄줄줄은 못 외워도 쪼끔이라도 알아야 될 거 아녀!
유라랑 어젯밤에 연습을 했는데 오른쪽으로 들으면 왼쪽으로 나가
버렸다. 도대체 들으면 바로 귓구녕으로 나가는 이유는 뭐여?

우리 치매 걸린 언니들이 생각이 났다. 이렇게 듣자마자 까먹는 게 꼭 치매인가? 옛날엔 한 번만 말해도 다 외웠는데…… 이제는 열 번 들어도 자꾸 까먹고. 언니들도 이래서 치매가 걸렸나? 자꾸 걱정이 됐다.

"아니야, 할머니. 아니야!"

유라가 대본을 크게 써줬는데도 안 되더라.

백번 천번을 해도 안 돼.

"놔둬, 내 멋대로 할게!"

수잔이 들어오는데, 진짜 그림이 들어오는 것 같았다.

유튜브 속에서 본 사람이 튀어나와서 걸어오니까 너무 신기했다.

내가 유튜브 하면서 연예인 많이 봤지만 권상우 이후로 이렇게 떨린 적은 없었던 거야.

걸음걸이나 눈빛 자체가 정말 남달랐다. 사장님의 카리스마가 있었다. 나는 발발 떨었다. 사장님은 여유가 있더라. 다르더라.

통역 때문에 살았다. 내가 싸간 김밥도 보여주고, 선물도 교환했다.

나는 내 이름이 새겨진 유튜브 앞치마를 선물받았다.

전 세계에 하나뿐인 선물!

유튜브 사장님도 한국에 온 건 최초라고 했다. 근디 그게 나를 보기 위해서라니……. 아니, 내 팔자는 무슨 팔자야?

박막례 : "이거 갖고 가서 비행기에서 잡수면 돼."
수잔 : "Thank you, Korea Grandma."

어쩌면 좋아. 인자 만나서 좋아요.

유라

내 인생 가장 큰 즐거움은 성취감이다. 목표를 하나 세우면 그걸 깨가는 과정을 마치 게임을 하듯 살고 있는 것이다.

유튜브를 하면서 손녀의 입장에서는 할머니의 행복이 내 목표이지만, PD로서의 목표는 이 채널의 가치를 인정받고 널리 알리는 것이었다.

2018년 5월, 구글 I/O 행사를 갔을 때 수잔을 찾는 컨셉의 영상은 사실 CEO 수잔 워치츠키(Susan Wojcicki)를 정말 만나고 싶어서였다. 우리가 2년 전 실버버튼을 받았을 때 유튜브 CEO가 여성이라는 것을 알았고, 수잔에 대해 검색을 해봤었다. 업계에선 그 능력을 충분히 인정받고 있으며, 그와 동시에 다섯 아이를 둔 멋진 워킹맘이었다. 단숨에 수잔의 팬이 되어버렸다.

수잔이라는 사람, 어쩐지 우리 할머니를 좋아해줄 것 같은 성품을 지녔을 것 같았다. 우리 채널의 탄생 비화와 할머니의 인생 역전 스토리에 충분한 감동과 축하를 해줄 수 있는 따뜻함과 현명함을 지닌 사람!

국내 대기업 사장님보다 해외 대기업 사장님을 먼저 만나게 될 것 같아. 그러니까 내가 알아본 수잔이라는 사람은 왠지 우리를 만나 줄 것 같아. 헛소리 같겠지만 그런 느낌을 받아버린 것이다.

수잔에게 시그널을 보냈다. 그게 바로 구글 I/O 2018에서 탄생한 「수잔을 찾아서(Searching For Susan)」영상이었다. 그리고 내 계획대로 셰인의 도움과 함께 수잔의 회신이 왔고 거기에 바로 영상 편지 답장으로 「러브 액츄얼리」의 한 장면을 패러디했다. 그야말로 수잔을 움직이게 하기 위한 나의 시그널!
내 마음을 LTE 5G로 쏴 보냈다. 마침내 그 꿈은 현실이 되었다.

진짜 유튜브 CEO와의 단독 만남이라니!
구글코리아, 유튜브 팀과 함께 한 달 전부터 머리를 싸매고 고민을 했다.
'어떻게 하면 이 역사적인 만남을 멋지게 남길 수 있을까?'
물론 촬영, 편집권은 다 나에게 있었는데 그게 더 부담이었다.

"「박막례 쇼」어때요?!
엘렌 쇼처럼 박막례 쇼의 첫 게스트가 수잔이 된 거죠!"

그날부터 바로 간판 디자인부터 카메라 동선, 중간에 같이 만들어

볼 김밥의 내용물까지 철저히 준비했다. 수잔과 할머니가 유대감을 느낄 수 있는 질문들과 수잔만을 위한 선물을 준비했다. 그리고 채식 위주로 식사를 한다는 수잔을 위해 야채김밥도 만들었다.
오직 여기서만 할 수 있는 경험들과 이야기로 시간을 채웠다.

촬영 날, 나는 혼자 카메라 세 대를 돌리며 초긴장 상태였다.
수잔이 돌아가고 카페에서 영상을 옮기며 이게 꿈인지 뭔지, 그동안 유튜브를 즐겨주는 할머니가 고맙고 대견(?)했는데 이날은 나도 꽤 대견하게 느껴졌다.

수잔이 할머니를 찾은 이유는 모든 여성에게 귀감이 될 만한 멋진 삶을 살고 계시기 때문이라고 했다. 그래, 수잔은 우리 할머니를 알아봐줄 줄 알았어! 게다가 이 모든 게 유튜브를 통해서 가능한 일이었으니 수잔도 그 이야기를 전 세계에 나누고 싶지 않았을까?
또한 수잔이 내가 제작한 구글 I/O 영상 「수잔을 찾아서」를 유튜브 회의에서 직원들에게 보여줬다는 얘기를 들었다.
PD로서 내 인생 최고의 날.

수잔과의 만남은 모두에게 감동을 줬고 우리에게도 큰 경험이었다.
유튜브를 통해 할머니 인생이 바뀌었지만, 내 인생도 그에 못지않게 많이 바뀌었음을 실감했다.

수잔과 같이 온 팀원들은 그동안 투어한 나라 중에서 한국이 제일 좋았다며 돌아가는 길에 감사 인사를 전했다.

「박막례 쇼」라는 타이틀을 달고 수잔과의 만남을 영상에 담는 날이 오다니…….
PD로서 내 인생 최고의 날!

구글 CEO가
만나고
싶대요!

#합성아님 #인생은박막례처럼 #순자아니고순다르
#혼나는줄알았잖아 #구글CEO
#구글의딸이되기로했어요 #나는구글의할머니가될란다

유라

매년 5월에 열리는 구글 I/O 2019에도 초대받게 되었다.
작년 구글 I/O가 내 인생 처음이자 마지막일 거라 생각했는데, 이
건 꼭 수잔 덕분에 한 번 더 보너스를 받은 기분! 감사한 마음으로
다시 찾은 샌프란시스코 구글이지만 또다시 고민이 시작됐다. 이번
엔 어떤 영상을 찍어야 할까?

작년에 만든 「수잔을 찾아서」는 내 영혼의 반을 갈아 넣었기에 더
잘 만들 자신이 없었다. 비슷한 영화 포맷은 하기 싫고 너무 힘준 느
낌을 내기도 싫고, 창작의 고통에 피가 말라가고 있었다.
비행기가 이륙하는 순간까지 어떤 결정도 내리지 못했고, 그렇게
아무 준비 없이 샌프란시스코에 도착했다.

뭔가 셰인을 만나면 저절로 콘텐츠가 나올 것 같았다.
그래, 셰인을 일단 보면 될 것 같아!
근데 어째…… 새로운 구글 직원들이 우리를 맞이했다.
알고 보니 셰인은 맹장 수술을 하고 회복 중이라고.
그래…… 우리 모두 쉬자…….

첫날은 호텔에서 인스타 라이브 방송으로 팔로워들과 수다를 떨며 놀았다. 작년 같았으면 도착하자마자 삼각대에 카메라를 올려두고 촬영을 했을 텐데 뭐에 홀린 사람처럼 그냥 놀아야 할 것 같아서 놀았다.

둘째 날은 작년과 같이 구글 본사 캠퍼스를 돌았다. 우리가 갔던 곳도 있었고 처음 보는 곳도 있었다. 회사가 워낙 넓어서 건물 사이를 이동할 때 자전거를 타는 건 알고 있었는데, 알고 보니 택시도 있었다. 구글 직원들은 앱을 이용해 지 라이드(G RIDE)라는 것을 불러 그 차를 타고 캠퍼스 안을 이동할 수 있다. 물론 무료다. 그래서 올해는 할머니랑 그 차를 많이 이용했다.
왜 이렇게 편하냐…….
아니 마음은 불편한데 몸이라도 편하니까 좋다…….
이건 보너스 게임이니까 즐겨야겠어!

korea_grandma ···

korea_grandma 펀드라나미국셈푸란디스코도착했어요장년에
온호텔이야너무좋아요다펀들덕이구나고마워요좋은추억많이만들게

"펀들아. 나 미국 샌프란시스코 도착했어요. 작년에 온 호텔이야.
너무 좋아요. 다 펀들 덕이구나. 고마워요. 좋은 추억 많이 만들게."

드디어 셰인을 만났다. 할머니는 한복 입은 곰돌이 인형을 셰인에게 선물했다.

구글에서 나는 "투 백 투 카메라 걸"이었다.

셋째 날은 I/O의 하이라이트, 키노트 데이다. 쉽게 말해 구글 임원들이 나와서 구글의 신기술을 발표하는 날이다.

작년엔 신기술 자체에 감탄했는데 올해는 관객들에게 관심이 갔다. 여기 모여 있는 9천 명 정도의 사람들은 뭐 하는 사람들일까? 테크 종사자가 아니더라도 이 키노트 데이 자체를 즐기는 사람들이 많다고 하던데 왜 미국 사람들은 테크에 관심이 많은 걸까? 심지어 너무 많은 사람이 신청을 해서 미리 결제한 사람들 중 추첨을 통해 뽑힌 사람만 현장에서 들을 수 있다고 했다. 그 말을 들으니 오늘 카메라를 내려두고 연설에 집중하길 잘했단 생각이 들었다.

기조연설이 끝나고 점심을 먹은 뒤 돌아다니고 있는데 우리를 인솔하던 구글 직원이 다급하게 뛰어왔다.

굉장히 진지한 표정을 한 그는 숨을 고르더니 말했다.

"잘 들어보세요. 지금…… 지금 순다가 당신들을 만나고 싶대요."

"뭐라는 거여?(할머니는 순다를 '순자'로 들었다)"

"구글 CEO 순다가, 당신들을 만나고 싶대요!"

진짜 미쳤다.

그리고 그 충격도 잠시. 내 머릿속에 바로 떠오른 생각.

'됐다, 됐어!!! 콘텐츠 나왔다!!!!!!!!!!!!!!!!!!!!!!!!!!!!'

구글 직원인 인솔자가 우리를 뒤로 부르기에 나는 내가 뭘 잘못한
줄 알았다. 그 직원 표정도 심각해가꼬는 뭔 일이 날 것 같았시야.
근디 진짜 뭔 일이 나버린 거야.
순다 어쩌고저쩌고 하는데 나는 말귀를 하나도 못 알아먹고 입만
보고 있었다. 옆에서 유라가 "구글 CEO요?" 하더라고.

"구글 사장님이 나를 왜 보자고 해? 나이 먹은 할머니가 뭘 안다고
유튜브하냐고 혼나는 거 아녀??"

괜히 겁이 나서 가슴이 쿵쾅거렸다.
근디 그게 아니더라고. 할머니를 좋아해서 보고 싶다고 하더라고.
구글 직원이 초롱초롱한 눈으로 "할머니, 축하해요" 하는데 내가 눈
물이 막…… 차오르더라고. 흐르진 않았는디 진짜로 눈 깜빡 하면
쏟아질 만큼 눈물이 차올랐어야?

그때 내 머릿속에 든 생각은, 아이고 우리 유라 영상 뭐 찍을까 하면
서 무거운 카메라 들고 고민하더니 이제 다리 뻗고 자겄네, 그거였

어. 마음이 놓이더라고.

그리고 구글 사장님이 눈앞에 나타났는데 나도 모르게 버선발로 뛰어나가서 안아버린 거야!
철통 보안 속에 만나는 거라 모두가 긴장한 분위기였는데 내가 와락 안아버리니까 다들 까르르 웃음이 터지더라고.
원래는 뒷배경이 예쁜 곳으로 가서 짧게 인사를 나누는 거였나 봐.
근디 나는 너무 반가워서 마중을 나가버린 거지.
계단 끝자락에서 껴안고 이야기 나누고 사진 찍고 그랬다니까?
진짜로 내 눈앞에 구글 CEO가 있다는 게 믿기지가 않았어.

순다르 피차이(Sundar Pichai)가 나한테 그 말을 하더라고.
할머니의 이야기는 자기가 본 그 어떤 사람보다 더 많은 영감을 준다고.

구글 사장님을 만나고 돌아오면서 나, 새로운 결심을 한 거야.
인생 얼마 안 남은 거 알지만 지금보다 더 열정적으로 살아보겠다고!
늙은이가 재밌게 사는 모습 보고 세계 대기업 CEO가 영감을 받는다는디 내가 더 즐겁게 살아줘야지 않았어? 느그들 좋은 기술 많이 많이 만들라고 내가 더 열심히 즐기고 살아볼게!

혼나는 줄 알았더니 나를 너무 좋아했다.
구글 직원들도 이런 만남 없다고 축하한대. 편들 덕분입니다.

sundarpichai
Mountain View, California

•••

1/6

sundarpichai #io19 is a wrap and a big thanks to all who joined us in person and online! Was so glad I got to meet some of you at Shoreline — I'm inspired by your stories and can't wait to see what you build next:)

"펀들아, 구글 사장님이 내 사진 인스타에 올렸다.
너무 감동이다. 좋아요 팡팡 눌러주자."

 korea_grandma ...

korea_grandma 내가편새에처음외국친구들한테자기소개했어
다떨녀서죽넛줄알았다마음이초든학생댕것기분이녀다그것도외국학
교

"내가 평생에 처음 외국 친구들한테 자기 소개했어.
떨려서 죽는 줄 알았다. 마음이 초등학생이 된 기분이었다.
그것도 외국학교."

2019년 5월, 우리는 구글 CEO 순다르 피차이까지 만나버렸다. 우리의 보너스 게임은 미로 속에서 황금 동전 무더기를 만나 끝판왕을 깨며 완벽한 한판이 되었다.

우리 이야기가 훗날 영화로 만들어진다면 어쩌면 망할 수도 있겠다. 여기까지만 해도 너무 말도 안 되는 이야기니까. 그 자체로 영화의 플롯을 완벽하게 갖춰버린, 누군가 상상으로 써놓은 시나리오 같은 이야기니까.

할머니, 우리 다음은 어디 깨러 갈까?

에필로그
막례는 계속 간다

인생이라는 게 참……
세상에서 내 인생이 제일 불쌍하다 싶을 정도로
힘들었는데 말이여.

그때도
그 시련이 나한테 올 줄 알았는감?

인생은 한 치 앞도 모르는 것이구먼.

일흔한 살에
이런 행복이 나한테 올 줄 알았는감?

다른 사람의 인생 이야기를 듣는 것만큼 지루한 일은 없다고 생각했습니
다. 그래서 이 책을 끝까지 읽어주신 당신께 무한한 감사를 표합니다.

유튜브를 시작한 지 2년 반.
익숙해졌다면 익숙해진 유튜버의 일상이지만
예전과 달라진 점이 하나 있다면 우리의 내일을 속단하지 않게 되었다는
겁니다.

이 책은 이럴 때 꺼내 읽어보세요.
일이 너무 안 풀릴 때.
그래서 내일이 너무너무 걱정될 때.
만약 그래도 당신의 미래가 불안하다면
이 책의 첫 페이지로 돌아가 박막례의 유년 시절을 읽어봅시다.

만약 그 시절의 어린 막례가
훗날 이런 영광의 삶을 기대하며 버텼다면
조금은 덜 힘들지 않았을까요…….

'행운'도 애초에 잘난 사람들에게만 주어지는 것 같은 이 세상에서
하루아침에 막례쓰에게 진짜 잭팟이 터진 이야기.

조금이라도 당신의 삶에 위로가 되길 바랍니다.
늘 내일을 걱정했다면, 이제는 기대도 해보시기를.

인생은 길더라고요.
우리 모두 꽤 멋진 70대를 고대해봅시다.

2019년도

박막례 모의고사

성 명	

수험번호				−			

1. 다음 중 긴장할 때 나오는 박막례의 버릇은 무엇일까요?

　　① 방귀를 뀐다.

　　② 화장실을 간다.

　　③ 하품을 한다.

　　④ 노래를 부른다.

2. '2018 다이아 페스티벌'에서 박막례의 의상 코드는 무엇이었을까요?

　　① 바캉스

　　② 블랙

　　③ 섹시

　　④ 잠옷

3. 박막례의 큰아들은 연예인 누구를 닮았을까요?

　　① 권혁수　　　　　　② 정해인

　　③ 이제훈　　　　　　④ 권상우

[4~7] 다음 박막례가 했던 말을 읽고 괄호 안에 들어갈 단어를 골라주세요

4. "드라마에 (　　　)이 나오면 무조건 봐야 돼."

　　① 신동엽　　② 최수종　　③ 나훈아　　④ 셰인

5. "(   )은 남자들이 해야지. 평소에 힘자랑하지 말고 (   )할 때
   나 써먹어라잉."

   ① 운동   ② 먹방   ③ 김장   ④ 사업

6. "할머니 (   ) 갈 때 화장 진한 거 알지?"

   ① 화장실   ② 한의원
   ③ 계모임   ④ 백화점

7. "요즘은 눈썹도 강아지 맨치롱 그린다매. 우리 때는 (   )같이 그렸
   어."

   ① 고양이   ② 늑대
   ③ 여우   ④ 수달

8. 박막례의 텃밭에서 유일하게 잘 자란 농작물은 무엇일까요?

   ① 고추   ② 호박   ③ 감자   ④ 토마토

9. 프루츠 박, 박막례가 가장 좋아하는 과일은 무엇일까요?

   ① 바나나   ② 포도
   ③ 단감   ④ 멜론

10. 박막례가 15년 만에 간 찜질방에서 찜질도 하기 전에 가장 먼저 선택한 음식은 무엇일까요?

① 식혜　　　　　　　② 맥반석 계란
③ 수정과　　　　　　④ 미역국

11. 다음 중 박막례가 자신과 생일이 같다고 말한 사람은 누구일까요?

① 권상우　　　　　　② 나훈아
③ 최수종　　　　　　④ 정해인

12. 「도대체 할머니의 가방엔 뭐가 들어 있을까?」에서 박막례가 가방 속에서 "왜 이것이 여가 있대. 이걸 찾으라고 염병 찾아도 없더니 여기서 나온다잉" 하며 꺼낸 물건은 무엇일까요?

① 가발　　　　　　　② 병따개
③ 보조 배터리　　　　④ 과도

13. 「스위스에서 김치찜 해 먹고 한국 드라마 보기」에서 할머니가 본 드라마는 무엇일까요?

①「하나뿐인 내편」　　　　②「밥 잘 사주는 예쁜 누나」
③「당신은 너무합니다」　　④「나도 엄마야」

[14~15] 다음 여행 사진을 보고 박막례가 붙인 제목을 써주세요 (주관식)

14.

(   )

15.

(   )

16. 다음 초성 퀴즈를 보고 박막례가 떠올린 것은 무엇일까요? (주관식)

ㅈ ㄱ ⋯⋯▸ (   )

17. 여의도에서 식당 하던 시절에, 장반장이 박막례에게 한 말 중 괄호 안에 들어갈 단어를 고르세요.

> "돈 왕~창 한번 벌겠소. (　　) 로/으로 돈 벌겠다."

① 식당　　② 유튜브　　③ 발　　④ 코

18. 「진짜 구글을 뒤집어 놓으셨다…! (유튜브 CEO 찾기)」에서 박막례가 말한 영어 회화 중 괄호 안에 들어갈 단어를 고르세요.

> "아 짜증난다고!! 안 외워진다고. 울고 싶다고 시방.
> 아 짜증난다고. 영어 어렵다고.
> Hello, Thank you, (　　), F*** you, Sh**!"

① Excuse me
② Sorry
③ Fighting
④ Good

19. 「진짜로!!!! 받고 싶은 추석 선물은?」에서 박막례가 꼽은 선물 3위는 무엇일까요?

1위	여행
2위	현금
3위	( )
4위	칫솔, 비누, 샴푸 세트
5위	참치 햄 세트

★힌트: "용인에 없어. 영광굴비 보대끼 쳐다만 보고."

① 상품권   ② 원피스
③ 화장품   ④ 과일

20. 「막례가 방탄소년단 「IDOL」 뮤비를 봤을 때」에서 박막례가 남긴 감상평 중 괄호 안에 들어갈 말을 고르세요.

> "(   ) 때 난리는 난리도 아니네."

① 팬 미팅   ② 호랑이
③ 6.25   ④ 동네잔치

[21~30] 다음 막례어를 표준어로 번역하세요. (주관식)

21. 켕고리   ⋯▸   (   )

22. 양님   ⋯▸   (   )

23. 닉김   ⋯▸   (   )

24. 앞니   ⋯▸   (   )

25. 구녕바구리   ⋯▸   (   )

26. 형사   ⋯▸   (   )

27. 명월이   ⋯▸   (   )

28. 모숨   ⋯▸   (   )

29. 감탕   ⋯▸   (   )

30. 어리봉봉   ⋯▸   (   )

수고하셨습니다.

박막례 모의고사 정답

1. ③ 2. ④ 3. ③ 4. ② 5. ③ 6. ③ 7. ② 8. ①

9. ③ 10. ① 11. ② 12. ③ 13. ③ 14. 더워

15. 머리 우산 16. 자기 17. ④ 18. ② 19. ①

20. ③ 21. 캥거루 22. 양념 23. 느낌 24. 앙리

25. 구멍바구니 26. 행사 27. 메모리 28. 머슴

29. 감상＋감탄 30. 어리벙벙

박막례, 이대로 죽을 순 없다

초판 1쇄 발행 2019년 5월 31일 초판 21쇄 발행 2022년 5월 1일

지은이 박막례 · 김유라
펴낸이 이승현

편집1 본부장 한수미
에세이1 팀장 최유연
디자인 김태수
캐릭터 일러스트 강한

펴낸곳 ㈜위즈덤하우스 **출판등록** 2000년 5월 23일 제13-1071호
주소 서울특별시 마포구 양화로 19 합정오피스빌딩 17층
전화 02) 2179-5600 **홈페이지** www.wisdomhouse.co.kr

ⓒ 박막례 · 김유라, 2019

ISBN 979-11-90065-67-2 03810